怪物はささやく

P・ネス著／S・ダウド原案

怪物は真夜中過ぎにやってきた。十二時七分。墓地の真ん中にそびえるイチイの大木。その木の怪物がコナーの部屋の窓からのぞきこんでいた。わたしはおまえに三つの物語を話して聞かせる。わたしが語り終えたら――おまえが四つめの物語を話すのだ。以前から闘病中だった母の病気が悪化，気が合わない祖母が家に来ることになり苛立つコナー。学校では母の病気のせいでいじめにあい，孤立している……。そんなコナーに怪物は何をもたらすのか。夭折した天才作家のアイデアを，カーネギー賞受賞の若き作家が完成させた，心締めつけるような物語。

登場人物

コナー・オマリー……主人公の少年
母さん……コナーの母、闘病中
父さん……コナーの父、離婚してアメリカに住んでいる
おばあちゃん……コナーの母方の祖母
リリー・アンドルーズ……コナーの幼馴染み
ハリー……優等生、コナーをいじめている
アントン……ハリーの取り巻き
サリー……ハリーの取り巻き
クワン先生……コナーたちの学年の主任教師
怪物……イチイの木の怪物

怪物はささやく

P・ネス著／S・ダウド原案
池　田　真　紀　子　訳

創元推理文庫

A MONSTER CALLS

A novel by Patrick Ness

From an original idea by Siobhan Dowd

装画・本文挿絵　ジム・ケイ

目次

怪物はささやく

〝二人の著者〟からのメッセージ

シヴォーン・ダウドに会うチャンスには恵まれなかった。だから彼女のことは、いまこれを読んでいるあなたと同じものを通じて――シヴォーンが書いたすばらしい本を通じて知っているにすぎない。ヤングアダルトノベル四作を通じて。うち二作品はシヴォーンの生前に発表され、残りの二つは亡くなったあとに刊行された。まだ読み逃しているとしたら、その過ちをいますぐ修正することをお勧めする。

この本は、シヴォーンの第五の作品になるはずだった。キャラクター、物語の舞台、導入部。それらはそろっていた。シヴォーンに足りなかったのは、不幸にも、時間だった。

その未完の遺作を仕上げてみないかと声をかけられたとき、わたしは返事をためらった。彼女の声まねをしただけの本を書くつもりはなかった。いや、そんなものはぜったい書けない。それはシヴォーン・ダウドと読者、それにこの物語に対する冒瀆《ぼうとく》行為だろう。文体をどれだけ巧みにまねたところで、シヴォーンの代わりにはなれない。

ただ、優れたアイデアの困ったところは、そこから新しいアイデアが次々と生まれてきてしまうところだ。気づいたときには、シヴォーンのアイデアは新たなインスピレーションを無数に提示しはじめていた。まもなくわたしは、この世のあらゆる作家が待ち望む欲求をどうにも抑えきれなくなっていた。着想を言葉にしたいという欲求、物語を語りたいという欲求。

バトンを渡されたような気がした。いまもそう思っている。抜きん出て優れた作家が、新しい物語をわたしのてのひらにぽんと置き、「さあ、これを受け取って走って。あとはご自由にどうぞ。思いきり暴れてちょうだい」と言ってくれたように感じた。その直感を信じて、わたしは走りだした。たった一つの目標を見すえて走った。シヴォーンがきっと気に入ってくれたであろう本を書くこと。それだけを考えて走った。ほかの物差しは目に入らなかった。

さて、いま、同じバトンをあなたに引き継ぐ時が来た。作家はリレーの第一走者ではあるだろうが、アンカーではない。シヴォーンとわたしが作りあげたものをあなたに渡そう。さあ、次はあなたの番だ。これを受け取って走りだしてくれ。

思いきり暴れてくれ。

パトリック・ネス
二〇一一年二月　ロンドンにて

シヴォーンに

若い時は一度しかないって言うわよね。
でも、その一度が長すぎると思わない？
長すぎて、とても耐えられそうにない。
――ヒラリー・マンテル『愛をめぐる実験』

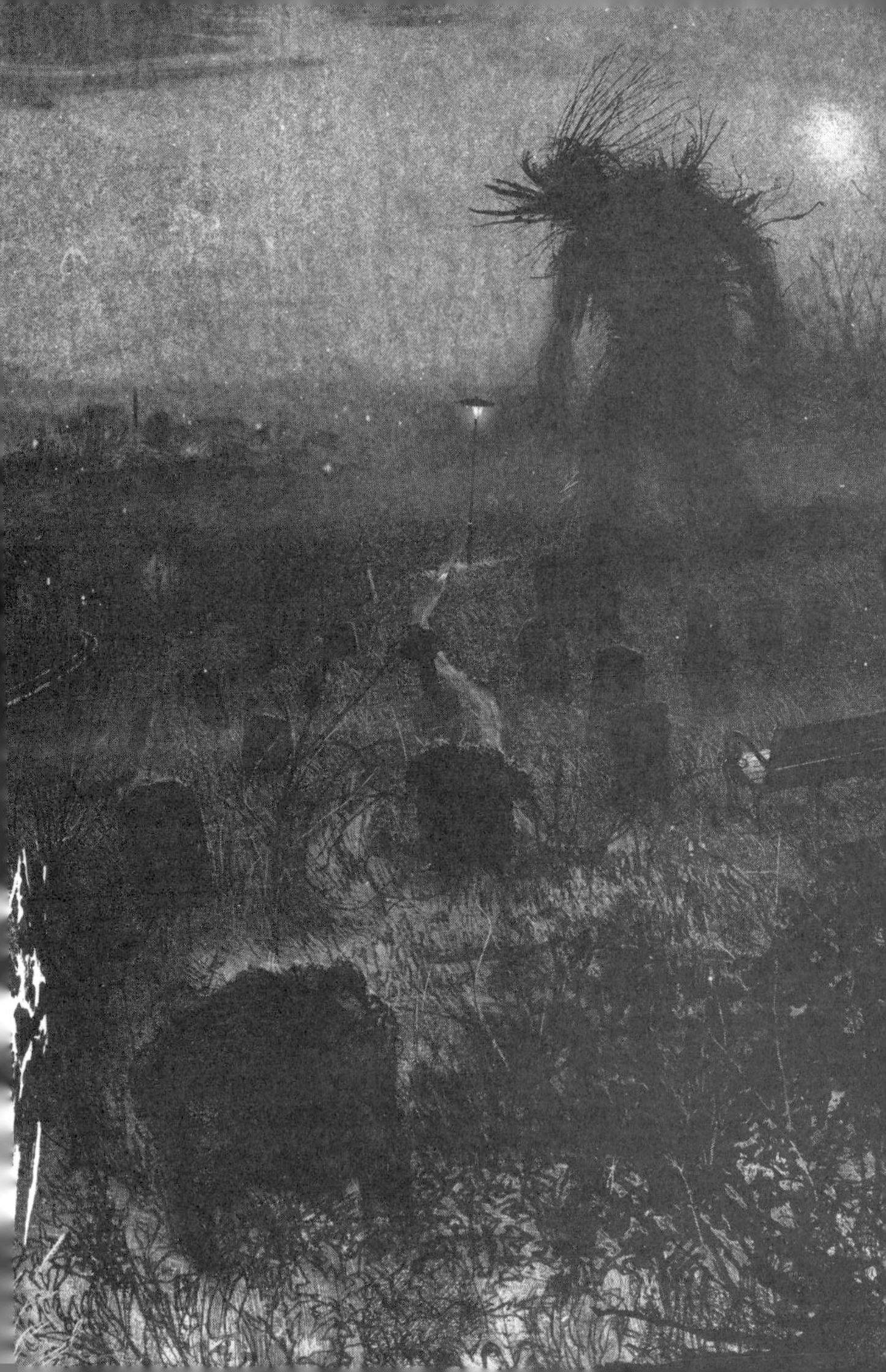

怪物現わる

怪物は真夜中過ぎにやってきた。怪物はみな、真夜中を回ったころに現われる。

そのとき、コナーはベッドのなかにいた。

目が覚めるまでは、おそろしい夢を見ていた。ただのおそろしい夢ではない。いつものおそろしい夢だ。このところたびたび見る夢。漆黒《しっこく》の闇と、風と、悲鳴の夢。握り合った手がすべっていってしまいそうになる夢。その手は、放すまいとどんなにがんばっても、やはり少しずつすべっていってしまう。そして夢のおしまいにはかならず——

「来るな」コナーは部屋を埋めた暗闇に向かってささやくように言った。目が覚めたあともまだこちらの世界にはみ出してこようとしている悪夢を追い返したかった。「あっち行けよ」

母さんがベッドサイドテーブルに置いた時計を確かめる。十二時七分。真夜中を七分過ぎたところだ。今日は日曜で明日は学校があるというのに、こんな夜遅くに目を覚ましているなんて。

夢の話はだれにも打ち明けたことがない。母さんにはもちろん話していない。二週間に一度

（だいたいだけど）、電話をかけてくる父さんにも。おばあちゃんには当然、内緒にしていたし、学校でもだれにもしゃべっていなかった。この世のだれにも話していない。

あの夢のなかで起きること。あんなこと、だれにも話せない。

コナーは眠い目をしばたたかせて部屋を見まわし、眉をひそめた。どこかいつもとちがっているような気がする。ベッドの上で体を起こした。少しだけ眠気が遠ざかる。夢は、もとどおり夢の世界に帰っていこうとしていた。それでも、何かが、そう、それが何かはわからないが、何かが、部屋のどこかが、いつもとちがっているような――

耳をすます。静寂《せいじゃく》の奥の奥に神経を集中させる。家のどこからも、何も聞こえない。だれもいない一階で何かがかたかたいっている音や、となりの母さんの部屋で寝具が動く音が、ときおり伝わってくるだけだ。

何も聞こえない。

そう納得しかけたとき、聞こえた。それでわかった。さっき、どうして目が覚めたのか。

だれかが名前を呼んでいた。

コナー。

恐怖に胸ぐらをぐいっとつかまれて、胃袋がよじれた。もしかして、やっぱりついてきてしまったのだろうか。悪夢の世界からこちら側の世界に――

「よせよ」コナーは自分をしかりつけた。「もう子供じゃないんだから。怪物なんか、こわくないだろ」

そう、たしかに、もう子供じゃない。先月、十三歳になった。怪物をこわがるのは小さな子供だけ、おねしょをするような子供だけだ。怪物なんか、だれが――

コナー。

また同じ声が聞こえた。コナーは思わずのどをごくりと鳴らした。十月にしては暖かな日が続いていたから、部屋の窓は開けっ放しになっている。ああ、わかった、それだ。風で揺れたカーテンがこすれて、たまたま人の声みたいに聞こえるだけのことだ。そう思いついたところで――

コナー。

ちがう。風のせいじゃない。あれは声だ。ただしその声にはまるで聞き覚えがなかった。母さんじゃない。それはたしかだ。女の人の声じゃない。父さんが予告なしにアメリカから帰ってきたとか？　たとえば、帰ってきたはいいが、着くのがこんな夜中になってしまい、電話するのも気が引けて、ああして外から呼びかけて反応を見ているのかもしれない。そう思いついたところで――

コナー。

ちがう。父さんでもない。その声には、独特の響きがあった。いかにも怪物じみた響き、獰《どう》猛《もう》で荒々しい響き。

そのとき、外で木がきしむ音が聞こえた。とてつもなく大きな何かが、板張りの床の上を歩いているみたいな音。

窓から外の様子を確かめるなんて、こわくてとてもできそうにない。そのくせ、確かめてみなくてはすまないような気もしている。

もうすっかり目が覚めてしまっていた。コナーは毛布を足のほうに押しやってベッドを下り、窓に近づいた。窓の外は、空に浮かんだ半月の青白い光に包まれていた。家の裏手の小高い丘のてっぺんに教会が建っている。その教会の塔の輪郭《りんかく》が、真っ暗な空を背にくっきりと浮かび上がっていた。丘をぐるりと取り巻くように列車の線路が通っている。月光を受けて鈍く輝きながら平行に延びる、冷たい鋼鉄の線。月の光は、教会の墓地も照らし出していた。墓石に刻みつけられた文字は、歳月に削られて消えかけている。

墓地の真ん中にそびえ立つ大きなイチイの木も見えた。教会と同じ石でできているのかと思うくらいの古木だった。

あれがイチイだと知っているのは、母さんに教わったからだ。最初はまだ小さかったとき、種に毒のある実をコナーが知らずに食べてしまわないように。そして去年くらいからは、母さんが何ともいえない表情を浮かべてぼんやりとキッチンの窓の外を見つめながらふとこうつぶやくからだ。「あの木はイチイっていうのよ」

そんなことを思って外をながめていると、またしてもあの声が聞こえた。

コナー。

左右の耳もとで同時にささやかれたみたいだった。

「何？」コナーは訊き返した。心臓は早鐘のように打っている。何か起きるなら、さっさと起きてしまってほしい。

そのとき、月に雲がかかった。窓の外はたちまち闇一色になった。

と、一陣の風が丘を駆け下りてきて、窓辺のカーテンをはためかせた。またしても板がきしむような音がした。生き物みたいにうめいている。世界の腹がぐうぐう鳴っているようにも聞こえた。

まもなく雲は月の前を通りすぎ、月明かりがふたたび地上を青白く照らした。

イチイの木を、照らした。

大きな木は、いまはコナーの家の裏庭に立っていた。

そして――ついに怪物が姿を現わした。

大木のてっぺんの枝が集まって巨大でグロテスクな顔を作ったかと思うと、ちらちらと光を跳ね返しながら、そこに口と鼻ができた。それに、二つの目も。その目は、コナーをまっすぐに見つめていた。その少し下の枝は、ぎいいいいとうめきながらからまり合って、長い腕になった。新たに一本だけ生えた脚は、太い幹のかたわらの地面に伸びて力強く踏んばった。木の

残りの部分が背骨を作り、次に胴体を作った。針のようにとがった葉は、織り合わさるようにして、毛皮に似た緑色の皮膚に姿を変えた。その下に筋肉や肺が隠されているかのように緑の皮膚が上下するのが見え、怪物が呼吸を始めたのがわかった。

もとよりコナーの部屋の窓よりずっと背が高かった怪物は、変身するにつれて横にもぐんと広がって、輪郭に力をみなぎらせた。その姿は、なぜか強そうに見えた。どんなものにも負けないくらい強そうだ。二つの目は、あいかわらずコナーを凝視している。口からは、風を思わせる息遣いが聞こえていた。まもなく怪物は巨大な両手を窓枠の左右に置いて体を支えると、窓に顔を近づけた。二つの巨大な目が窓を埋めつくす。怪物の重みに耐えかねて、家が低いうめき声を漏らした。

怪物が口を開いた。

コナー・オマリー——そう呼ばわると同時に、肥料みたいな匂いを含んだ温かな息が窓を吹きぬけて、コナーの髪をなびかせた。その声は雷のように低くとどろいておなかにずんと響いた。

おまえを連れに来たぞ、コナー・オマリー。怪物の体重が家にのしかかる。部屋の壁に飾ってある写真や絵の額がかたかたと音を立て、本や電気じかけのおもちゃや古びたサイの縫いぐるみが次々と床に転がり落ちた。

怪物。本物の、正真正銘の、怪物だ。現実の、ちゃんと目が覚めている世界に、怪物が現われた。夢のなかではなく、目の前に。部屋の窓のすぐ外に。

怪物がコナーをさらいにやってきた。

なのに、コナーは逃げようとしなかった。

それどころか、こわいとさえ思わなかった。

その代わりに感じたのは——怪物が姿を現わした瞬間からたった一つ感じていたものは、いまこの瞬間も胸のなかでむくむくとふくらんでいく失望だけだった。

だって、この怪物は、いつか現われるだろうと思っていた怪物とはまるでちがう姿をしているではないか。

「だったらさっさと連れていけば?」コナーは言った。

ぎこちない沈黙があった。

いま、何と言った？　怪物が訊く。

コナーは腕組みをして答えた。「さっさと連れていけばって言ったんだよ」

怪物は、ほんの一瞬、動きを止めた。一つうなり声をあげると、左右のこぶしを交互に家に叩きつけはじめた。コナーの部屋の天井がゆがみ、壁に大きな亀裂が走った。怪物は怒りの咆《ほう》哮《こう》をとどろかせ、風がごうごうと部屋のなかを吹き荒れた。

「好きなだけわめくといいよ」コナーは肩をすくめると、ふだんと変わらない調子で言った。「もっとこわいものだって見たことあるしね」

怪物はいっそう大きな声でうなると、窓から室内に手を伸ばした。ガラスが割れ、木の窓枠や外壁のレンガが砕けて飛び散った。木の枝でできたねじくれた巨大な手がコナーの腹のあたりをつかんで床から持ち上げた。コナーはそのまま勢いよく窓から外へと引き出され、夜空に向けて高々と突き上げられた。裏庭ははるか下のほうに見えている。怪物はコナーを半月に突きつけるようにしていた。力強い指にあばらをぐいぐいと締めあげられ、息をするのもやっとだった。怪物の開いた口のなかに、節くれだった堅い木でできたぎざぎざの歯が並んでいるのが見えた。熱いくらいの息が下から吹き上がってきた。

そこで、怪物がまたもぴたりと動きを止めた。

本当にこわくないようだな、え？

「こわくない」コナーは答えた。「少なくとも、おまえはこわくない」

怪物はおどしつけるように目を細めてコナーをにらみすえた。

そんな強がりを言えるのもいまのうちだ。これが終わりを迎えるころ、おまえは恐怖におののいていることだろう。

記憶に最後に焼きつけられたのは、コナーを生きたまま食おうとする怪物の、ぱっくりと大きく開いた口だった。

朝食

「母さん?」コナーはそう声をかけてからキッチンに入った。母さんがキッチンにいないことは、確かめるまでもなくわかっていた。電気ケトルでお湯をわかす音がしていないからだ(母さんはいつも朝一番にお湯をわかす)。それでも声をかけたのは、どの部屋であれ入る前に「母さん?」と先に呼びかけるのが癖になっているからだ。うたた寝をしているところをいきなり驚かせたりしたくない。

思ったとおり、母さんはキッチンにはいなかった。たぶん、まだ二階で寝ているのだろう。ということは、朝食は自分で用意するしかないということだ。とはいえ、それにはもう慣れっこになった。それどころか、今朝にかぎっては、母さんがまだ起きていなくて好都合だった。

急ぎ足でくず入れに近づき、部屋から持ってきたビニール袋を底に押しこむと、ほかのごみをその上にのせて隠した。

「これでよし、と」コナーはつぶやき、少しのあいだ、ただくず入れを見下ろしていた。やがて一つうなずいて言った。「次は朝ご飯だ」

パンをトースターで焼き、シリアルをボウルに用意し、ジュースをグラスに注ぐ。朝食の用意ができると、キッチンの小さなテーブルについた。母さんが街の自然食品専門店で買ってきたパンやシリアルもあるが、ありがたいことに、コナーの分はそれとは別だった。自然食品店のものは、見た目もそそらないし、実際、おいしくない。

壁の時計を見た。家を出る時刻まであと二十五分。制服にはもう着がえてある。今日必要な荷物を詰めたリュックサックも玄関で待機している。朝のしたくはみんな一人で整えた。

コナーはキッチンの窓に背を向けて座っていた。シンクの上の窓からは小さな裏庭が見え、その向こうには鉄道の線路や、墓地のある教会が見える。

イチイの大木も。

シリアルをスプーンですくって口に運ぶ。静かな家のなかで聞こえているのは、コナーがシリアルを噛《か》む音だけだ。

あれは夢だった。そうとしか考えようがない。

今朝、目が覚めるなり、真っ先に窓を確かめた。もちろん、窓はちゃんとあった。どこも壊れていない。裏庭に面した壁に大穴があいていたりはしなかった。当然だ。壊れてなどいるわけがない。あれが本当に起きたことだと信じるのは、小さな子供くらいだ。木が――木が――丘を下ってきてこの家を襲っただなんて、本気で信じるのは、赤ん坊みたいなちっちゃな子供だけだ。

そうだよ、そんなことあるわけないだろ――コナーはそう自分に言い聞かせてちょっと笑っ

た。それからベッドを下りた。

と、足の下でかさりと乾いた音がした。

部屋の床は、すみずみまで木の葉で覆いつくされていた。針みたいにとがったイチイの木の葉で。

またシリアルを口に運ぶ。くず入れのほうには意地でも目をやらないようにしていた。朝一番で掃き集めた木の葉を詰めこんだビニール袋が入っているくず入れのほうには。

ゆうべは風が強かった。あの葉は、きっと開けっ放しにしてあった窓から入ってきたのだろう。

そうにちがいない。

シリアルとトーストを食べ終え、ジュースの残りを飲みほすと、皿やグラスを水ですすぎ、食器洗い機に並べた。学校に行く時間までまだ二十分ある。どうせなら、たまっているごみをまとめて外に出してしまおう。そのほうがなお安心だ。ごみ袋を手に表に出て、家の前の車輪つきの大きなごみ容器に放りこんだ。ついでに資源ごみも集めて持っていった。それからシーツを洗濯機に入れた。放課後、帰ってきてから干せばいい。

キッチンに戻って時計を確かめた。

あと十分。

まだ母さんは起きてこな――

「コナー?」階段の上から声が聞こえた。

コナーは大きく息を吐き出した。そうやって吐き出してみて初めて、自分が息をひそめていたことに気がついた。

「朝ご飯、ちゃんと食べた？」母さんはキッチンの戸口にもたれかかっている。

「食べた」コナーはリュックサックを手に提げていた。

「ほんと？」

「ほんとだよ」

母さんは疑わしげな目をしている。コナーはあきれたように天井を見上げた。「トーストにシリアルにジュース。皿は食器洗い機に入れといた」

「ごみも出しておいてくれたのね」母さんは整然としたキッチンを見まわして静かに言った。

「洗濯もセットしてある」

「いい子ね」顔はほほえんだままだが、母さんの声はどことなく悲しげだった。「起きてあげられなくてごめんなさい」

「気にしないで」

「どうしてもだるくて。今度の――」

「気にしないでって言ってるよね」

母さんは口をつぐんだが、やはりほほえみながらコナーを見つめている。今朝はまだ頭にスカーフを巻いていない。朝日に照らされた髪のない頭の肌は、とても柔らかく、とても心細そうに見えた。赤ん坊の頭みたいだ。コナーの胸が締めつけられた。

「ゆうべ、何か聞こえたけど、あなたの声だった?」

コナーは凍りついた。「え、何時ごろ?」

「そうね、真夜中をちょっと過ぎたころかしら」母さんは足を引きずるようにして入ってくると、電気ケトルのスイッチを入れた。「きっと夢なんだろうと思ったけど、あなたの声がたしかに聞こえたような気がして」

「ただの寝言じゃないの?」コナーはひらたい声で答えた。

「そうかもね」母さんはあくびをし、冷蔵庫の脇に吊ったラックからマグを一つ取った。「ああ、そうそう、忘れてた」何気ない口調。「明日、おばあちゃんが来るから」

コナーは力なく肩を落とした。「母さん」

「わかってる。でも、これからは毎日、自分で朝ご飯を作らなくてもすむわよ」

「毎日?」コナーは訊き返した。「おばあちゃん、いつまでいるわけ?」

「コナー——」

「おばあちゃんに来てもらわなくたって、うちのなかのことは——」

「あなたも知ってるでしょう。治療を受けた直後はいつも母さん——」

「でも、いままでは——」

「コナー」母さんがぴしゃりとさえぎった。その声のとげとげしさに、コナーだけでなく、母さんまでびくりとした。長い沈黙があった。やがて母さんは笑顔を取りもどしたが、その表情はひどく疲れているように見えた。

「できるだけ長引かないように、母さんもがんばるから」母さんは言った。「部屋をおばあちゃんに譲るのはいやなのよね。それはわかってるし、申し訳ないと思ってる。母さんだって、来てもらわなくてすむならすませたい」

　おばあちゃんが泊まりがけで来ると、コナーはソファで寝るはめになる。でも、いやなのは、そのことではなかった。いやなのは、試用期間中の従業員をテストしているみたいな、おばあちゃんの態度だ。コナーは合格できそうにないテスト。それに、これまでは母さんとコナーだけでなんとか乗り切ってきた。母さんの具合がどんなに悪くても、二人でやってきた。具合が悪くなるのはよくなるための副作用だし、いつものことだ。なのにどうして――？

「ほんの二、三日よ」母さんがコナーの心を読んだみたいに言った。「心配しないの。ね？」

　コナーは無言でリュックサックのジッパーのつまみをいじりながら、何かほかのことを考えようとした。そうしているうちに、くず入れに押しこんだ木の葉のことを思い出した。

　もしかしたら、おばあちゃんが自分の部屋に泊まることより、ゆうべのことのほうが問題かもしれない。

「そうやって笑ってる顔、大好きよ」かちりと音がして、ケトルのスイッチが切れた。母さんはそちらに手を伸ばした。それから、心底おびえているような声を作って言った。「おばあちゃんたらね、昔使ってたかつらを持ってきてくれるんですって。信じられる？」空いたほうの手でコナーの頭を軽くなでる。「きっと母さん、マーガレット・サッチャーのゾンビみたいになっちゃうわ」

「遅刻する」コナーは時計を見上げた。

「そうだった。元気に行ってらっしゃい、コナー」母さんは危なっかしく腰をかがめてコナーのおでこにキスをした。「いい子ね」またそう言った。「いい子を押しつけちゃってごめんね」

コナーがキッチンを出る前に振り返ると、母さんは紅茶のマグを持って窓のあるシンクの前に行こうとしていた。まもなく玄関扉を開けたところで、母さんがひとりごとのようにつぶやくのが聞こえた。「あの古いイチイの木がいるものね」

ハリー

立ち上がる前からもう、舌に血の味が広がりはじめていた。転んだ拍子に唇の内側を切ってしまった。立ち上がったあとも、意識はそこに集中していた。金属を思わせるいやな味。食べ物ではない何かを口に入れてしまったときみたいに、大急ぎで吐き出したくなるような味。

吐き出す代わりに、飲みくだした。血が出ていると知ったら、ハリーと子分たちは狂喜するにちがいない。背後から、アントンとサリーのばか笑いが聞こえていた。ハリーがいまどんな顔をしているか、確かめるまでもなく想像がついた。落ち着き払った、でもどこかおもしろがっているようなあの声、できることなら一生知り合いにならずにすませたいあらゆるタイプのおとなたちのまねをしているみたいなあの声で次に何を言うかまで、想像できた。

「階段を上るときはもっと気をつけろよ」ハリーが言った。「踏み外して落っこちたりしないようにな」

ほら、やっぱり。そう言うだろうと思った。

前からこんなだったわけではない。

ハリーは〝金髪の超優等生〟、どの学年でも先生のお気に入りの秀才だった。教室ではいつだって一番に手をあげ、サッカーの試合ではだれよりも活躍した。それでも、コナーにとっては同じ学年の生徒の一人にすぎなかった。友達と呼べる間柄ではない。ハリーに友達はいない。いるのは取り巻きだけだ。アントンとサリーは、いつだってハリーのすぐうしろをくっついて歩いて、ハリーのやることにいちいち大げさに笑うだけだ。だからといってコナーとハリーは、敵同士というわけでもなかった。ハリーがコナーの顔と名前をちゃんと知っているのかどうかさえ、あやしかった。

ところが、この一年ほどのあいだに何かが変わった。ハリーは突如としてコナーを意識しはじめた。気づくとこちらをじっと見ている。その目には、ひとごとだと思っておもしろがっているような表情があった。

その変化は、コナーの母さんの件と同時に起きたわけではなかった。もっと時間がたってからのことだ。コナーがあのおそろしい夢——ばかげた木の夢ではなくて、本物の悪夢のほう、悲鳴と転落の夢、この世のだれにも打ち明けていないあの夢を見るようになったころからだった。あの夢を見るようになったのと同じころ、ハリーがふいにコナーの存在を意識しはじめた。ハリーにしか見えない秘密のしるしがコナーにくっついたとでもいうみたいに。

鉄を引きよせる磁石のように、ハリーを引きつけるしるし。

新学年の初日、ハリーは校庭でコナーの足を引っかけて転ばせた。

それが始まりだった。

以来、ずっと続いている。

コナーは笑っているアントンとサリーに背中を向けたまま舌の先で唇の内側をなぞり、噛んでしまった傷の具合を確かめた。大したことはなさそうだ。このまま何事もなく教室に戻れれば、どうということはない。

ところが、何事もないままではすまなかった。

「やめなさいよ！」

そう叫ぶ声が聞こえて、コナーは思わず顔をしかめた。

振り返ると、リリー・アンドルーズがものすごい形相でハリーの鼻先に顔を突きつけていた。

それを見て、アントンとサリーの笑い声がなおも大きくなった。

「ほーら、おまえのプードルちゃんが助けに来てくれたぞ」アントンが言った。

「対等な喧嘩《けんか》にしようとしてるだけ」リリーがむっとしたように言い返す。ばねみたいにくるくるした巻き毛は、きっちり一つにまとめて結んであっても、やはり元気にぴょんぴょん跳ね回っている。たしかに、ちょっとプードルに似ていた。

「血が出てるみたいだぜ、オマリー」ハリーが言った。リリーなんかそこにいないみたいな態度だった。

コナーはあわてて口に手をやったが、手遅れだった。口の端から血がほんの一筋、流れ出していた。

「つるっぱげのママを呼んだらどうだ？　痛いの痛いの飛んでけーってチューしてもらえよ！」サリーがはやし立てる。

　コナーの胃袋がぎゅっと丸まって炎の玉になった。体のなかでちっちゃな太陽が燃えているみたいだった。しかし、コナーよりリリーの反応のほうがすばやかった。リリーは怒りの声をあげたかと思うと、いきなりサリーを突き飛ばした。サリーは驚いた顔のまま、丈の低い植え込みにひっくり返った。

「リリー・アンドルーズ！」校庭の真ん中から厳《いか》めしい大音声が響きわたった。

　全員がその場に凍りついた。立ち上がりかけていたサリーまで、中途半端な姿勢のまま動きを止めた。学年主任のクワン先生が猛然と歩いてくる。とってもおきのこわい表情が焼き印みたいに顔に刻みつけられていた。

「先に手を出したのはサリーたちのほうです、先生」リリーはしかられる前から弁解を始めた。

「言い訳はおよしなさい」クワン先生がぴしゃりと言った。「だいじょうぶ、サリー？」

サリーはリリーにちらりと目をやったあと、苦しげに顔をゆがめた。「わかりません、先生。ひょっとしたら、早退したほうがいいかも」

「調子に乗るんじゃありません」クワン先生は言った。「リリー、わたしのオフィスにいらっしゃい」

「でも先生、あっちが――」

「いますぐです、リリー」

「そこの三人が、お母さんのことでコナーをからかってたんです！」

　そのひとことで全員がまたしても凍りついた。コナーのおなかのなかの太陽はいっそう大きく燃え上がった。生きたまま内側から焼かれて死んでしまいそうだ。

（あの悪夢がフラッシュのように心にひらめいた。風がうなりをあげ、手を触れたら火傷《やけど》しそうな暗闇が――）

　悪夢を追い払った。

「本当なの、コナー？」クワン先生の表情は、教会で聞くお説教みたいに厳粛だった。

　舌の上の血の味が吐き気を誘った。ハリーと取り巻きコンビを見やった。アントンとサリーは不安げだったが、ハリーは無表情にこちらを見つめ返していた。動じず、騒がず。コナーが何と答えるか、心の底から興味津々だとでもいうふうに。

「いいえ、先生。ちがいます」コナーは血を飲みこんでから答えた。「転んだだけです。サリーたちはぼくを起こそうとしてくれたんです」

　リリーの顔がたちまち曇った。傷ついたような、驚いたような表情。口を大きく開いたものの、そこから言葉は一つも出てこなかった。

「全員、すぐに教室に戻りなさい」クワン先生が宣言した。「リリー、あなたは別よ」

クワン先生に引き立てられていくリリーは何度もこちらを振り返ったが、コナーは目をそらした。

そらした先に、ハリーがいた。ハリーはコナーのリュックサックを差し出していた。

「でかしたぞ、オマリー」ハリーが言った。

コナーは何も言わずにリュックサックをハリーの手からむしりとるようにして受け取ると、階段を上って校舎に入った。

物　語

自分の人生を物語に書く、か。コナーは家路をたどりながら、憂鬱《ゆううつ》な気分で考えた。

学校が終わるやいなや、逃げるように教室を出た。あのあとはもうハリーと取り巻きコンビにからまれずにすんだ。むろんあの三人にしても、クワン先生にあやうく見破られかけた直後にまた〝事故〟を起こすような危険を冒すほど考えなしではないだろうが。コナーはリリーのことも徹底的に避けた。クワン先生のオフィスから授業に戻ってきたとき、リリーの目は真っ赤に腫れていて、唇は、肉をぶら下げたフックをひょいとかけられそうなくらいとがっていた。終業の鐘と同時にコナーはだれより先に教室を飛び出し、早足で通りを歩いた。学校やハリーやリリーから遠ざかるにつれ、両肩にのしかかっていた重荷が少しずつ軽くなっていくような気がした。

物語、か。

「あなた自身の物語を書くの」英語のマール先生は念を押した。「だれかに話して聞かせるほどまだ長く生きてないなんて思ったら、大まちがいですからね」

〝ライフライティング〟――自分の物語を書く課題を、マール先生はそう呼んだ。父母や祖父母、これまでに住んだことのある土地、休暇旅行、楽しい思い出。

これまでに経験した、忘れられないできごと。これまでに経験した忘れられないできごとなら、いくつかある。ただし、どれも学校の作文に書きたいようなことではない。父さんが出ていったこと。飼っていた猫がある日ふらりとどこかへ行ったきり、二度と帰らなかったこと。

ちょっと話したいことがあるのと母さんに呼ばれた、あの午後のこと。

コナーは唇を引き結んで歩きつづけた。

あの前の日のことだって、ちゃんと覚えている。母さんはコナーのお気に入りのインド料理店に連れていってくれて、ジャガイモたっぷりのヴィンダルーカレーを好きなだけ頼んでいいと言った。それから母さんは笑ってこう付け加えた。「えい、こうなったらやけよ」そして自分の分も何皿も注文した。帰りの車に乗りこむころにはもう、おならが出ていた。家に着くまでずっと、笑うのとおならをするのに忙しくて、二人ともおしゃべり一つできなかった。

そのことを思い出しただけで、つい顔がにやけてしまう。食事のあと、ただ家に帰っただけではなかったからだ。翌日も学校のある日の夜だったのに、母さんが車を走らせた先は、意外にも、映画館だった。コナーはもう四度も見ていた映画、でもまったく母さんの好みではない映画。それでもまた、最後まで見た。バケツみたいに大きなポップコーンの容器をそれぞれ抱えて、やはりバケツみたいに大きな容器でコカ・コーラを飲んだ。片方がくすくす思い出し笑いをすると、もう一人もつられて忍び笑いを漏らした。

コナーは愚かではない。翌日、母さんから〝話〟を聞いたとき、すぐにわかった。前の晩、母さんが何を考えていたか。なぜあんなふうにはめをはずしたのか。それでも、わかったところで、あの夜の思い出が色あせることはなかった。腹の皮がよじれそうなほど大笑いしたこと。二人いっしょなら、何だってできそうに思えたこと。目の前で奇跡が起きたとしても、あの夜の母さんとコナーは、きっとまばたき一つしなかっただろう。

でも、そのことも作文に書くつもりはない。

「ねえ！」そのとき、背後から声がして、コナーは思わずうめき声を漏らした。「ねえ、コナー！　ちょっと待ってってば！」

リリーだ。

「ねえ！」リリーは追いついてくると、コナーの前に立ちふさがった。コナーはしかたなく足を止めた。リリーは息をはずませている。あいかわらずひどく怒った顔をしていた。「今日のあれ、どういうつもりよ？」

「ぼくにかまうなって」コナーはリリーを押しのけて先へ行こうとした。

「先生にほんとのこと話さなかったのは、どうして？」リリーが追いすがるようにまた訊く。

「そっちこそどうして首を突っこんでくるんだよ？　リリーには関係ないだろ」

「コナーを助けようとしたんでしょ」

「助けなんかいらない」コナーは言った。「一人で平気だ」

「平気じゃなかったでしょ！」リリーが言った。「血が出てた」

「リリーには関係ない」コナーはぴしゃりとまたそう言うと、足を速めた。

「おかげで居残り食らっちゃったわよ。一週間も」リリーが八つ当たりのように言う。「ママとパパあての手紙までもらっちゃった」

「ぼくのせいじゃない」

「コナーのせいよ」

コナーはふいに足を止め、リリーに向き直った。あまりにこわい顔をしていたからだろう、リリーがぎくりとして一歩うしろに下がった。おびえたような表情をしている。「そっちのせいだ」コナーは言った。「そっちがよけいなことをするからだ」

歩道を猛然と歩きだす。「前は友達だったよね」リリーの声が追いかけてきた。

「前はね」コナーは振り返りもせずに答えた。


リリーのことは、生まれたときから知っている。それは大げさだというなら、記憶の一番初めから知っている。でも、その二つはほとんど同じことだ。

コナーとリリーが生まれる前から、母さん同士が友達だった。だからコナーにとってリリーは、別の家で暮らしているきょうだいみたいなものだった。母さんたちがおたがいに子供を預け合ったりしていたから、なおさらだ。学校ではよくからかわれるが、コナーとリリーはただの友達で、二人のあいだにロマンチックなことは何もなかった。リリーを女の子として意識するなんてできそうにない。少なくとも、学校のほかの女の子たちに向けるのと同じ目で見たことはなかった。五歳になった年のクリスマスのキリスト降誕劇でそろって羊の役を演じた相手を、いまさら異性として意識できるわけがなかった。コナーは、小さいころのリリーがやたらと鼻をほじっていたことを知っている。リリーのほうは、父さんが出ていったあと、コナーが長いあいだ、夜も明かりをつけたままにしておかなくては眠れなかったことを知っている。そんな相手に、恋心など抱きようがない。二人の関係はあくまでも友達、特別なところなど何もない友達だった。

ところが、母さんの〝話〟を境に、ごくごく単純な変化が起きた。それも急激に。

そのことはだれも知らないはずだった。

でも、もちろん、リリーの母さんはまもなく知ることになった。

そのあとすぐ、リリーも。

おかげで、みんなに知れ渡った。文字どおり、全員に。たった一日で、世界は一変した。

リリーを許す気にはなれない。ぜったいに。

角を曲がり、もう一つ角を曲がったところにコナーの家がある。小さいけれど、一軒家だ。離婚したとき、母さんがどうしてもほしいと言って譲らなかった唯一のものが、この家だった。自分とコナーに無条件で譲ってほしいと母さんは主張した。父さんが新しい奥さんのステファニーといっしょにアメリカに行ったあとも、二人でこの家に住みつづけられるように。それはいまから六年前の話、そう、六年も前の話だ。いまとなっては、父さんが一つ屋根の下で暮らしているのがどんなだったかさえ、よく思い出せないことがある。

といっても、そのころのことを思い出さないというわけではない。

目を上げて、家の向こうになだらかに盛り上がる丘をながめた。曇った空に教会の塔が突き刺さっているように見える。

墓地を守るように枝を広げたイチイの大木は、眠れる巨人といったふうだった。

コナーは大木にじっと目を注いだ。ただの木にすぎないのだと自分に納得させようとした。そこらの木と何もちがわない。線路の両側に並ぶ木のどれとも、どこも、変わらない。

ただの木だ。それ以外の何でもない。ほかのものだったことはない。あれはただの木だ。

しかし、そのただの木は、太陽がさんさんと降りそそぐなか巨大な顔をこちらに向け、両腕を差し出して、あの声でこう呼びかけてきた。コナー――

コナーはあとずさった。あわてたせいで、あやうく車道に足を踏みはずしそうになったが、すぐうしろに停まっていた車のボンネットに手をついて、かろうじて転ばずにすんだ。

ふたたび目を上げたとき、大木は、ただの木に戻っていた。

三つの物語

その晩、コナーはベッドには入ったものの眠れないまま、ベッドサイドテーブルの時計の針を目で追っていた。

今日ほど時間が過ぎるのを遅く感じたことはない。冷凍のラザニアを温めただけで母さんは疲労困憊《こんぱい》し、テレビドラマの『イーストエンダーズ』が始まって五分とたたないうちにもう眠りこんでいた。コナーはそのドラマが大きらいだったが、母さんが起きてから見られるようにと録画し、母さんに羽布団をかけておいて、夕飯のかたづけをすませた。

母さんの携帯電話が一度鳴ったが、母さんは目を覚まさなかった。画面を確かめると、リリーのママからだった。そのまま留守電になるまで放っておくことにした。キッチンテーブルで学校の宿題に取りかかった。マール先生のライフライティング以外の宿題をすませ、しばらく自分の部屋でネットをうろうろしたあと、歯を磨いて寝るしたくを整えた。部屋の電灯を消すのとほとんど同時に、母さんが申し訳なさそうに——朦朧とした様子で——やってきて、おやすみのキスをした。

数分後、バスルームから、母さんが嘔吐《おうと》している気配がした。

「母さん？　だいじょうぶ？」コナーはベッドに横たわったまま訊いた。

「一人でだいじょうぶよ、コナー」母さんの返事は弱々しかった。「もう慣れちゃったし」

厄介なのはそこだ。コナーのほうも慣れっこになっていた。たいがいは治療の二、三日あとにどん底が来る。母さんが一番だるそうで、吐いてばかりいるのは、いつもそのころだ。そして二人とも、それを文字どおり〝いつものこと〟としてかたづけるようになっている。

しばらくすると、吐き気はおさまったらしかった。スイッチの音がしてバスルームの明かりが消え、母さんの部屋のドアが閉まった。

それが二時間前のことだった。この二時間、コナーはベッドに横になったまま、一睡もせずに待っていた。

でも、いったい何を？

ベッドサイドテーブルの時計は十二時五分を指している。まもなく針が動いて、六分になった。コナーは窓のほうを見やった。今夜も暖かいが、窓はしっかり閉めておいた。時計の針がかすかな音を立てて、十二時七分を指した。

コナーはベッドを下り、窓から外をのぞいた。

怪物が裏庭に立って、こちらをまっすぐに見返していた。

そこを開けろ。怪物の声は、あいだに窓ガラスなんかないみたいにはっきりと聞こえてきた。話がしたい。

「わかった。いいよ」コナーは大声を出さないように気をつけながら応じた。「どんな怪物もかならず言うんだろうからね。〝話がしたい〟ってさ」

怪物はにやりと笑った。それは背筋がぞくりとするような顔だった。おまえに開ける気がないなら、わたしが開けてやろう。

怪物がこぶだらけの枝でできたこぶしを持ち上げ、コナーの部屋の壁を外から打ち抜いた。

「やめろよ！」コナーは言った。「母さんが起きちゃうじゃないか」

だったらおとなしく出てくるんだな。怪物が挑発するように言った。部屋のなかにいても、土と木と樹液の湿った匂いがコナーの鼻をくすぐった。

「何が目当てなんだよ？」コナーは訊いた。

怪物が窓のすぐ外に顔を突きつけた。

質問をまちがっているようだぞ、コナー・オマリー。問題は、わたしが何を求めているかではない。おまえがわたしに何を求めているかだ。

「べつに何も求めてなんかいないけど」コナーは答えた。

さよう、いまはまだ求めていないようだな。怪物は言った。いまはまだ。

「これはただの夢だ」コナーは自分にそう言い聞かせながら、月の浮かんだ夜空を背負うようにしてそびえ立つ怪物を見上げた。胸の前できつく腕を組む。寒いからではない。自分のしたことが信じられないからだ。忍び足で階段を下り、勝手口の鍵を開けて、裏庭に出るなんて。

心はまだ落ち着いている。そこがどうにもちぐはぐな感じだ。この夢――悪い夢としか考えられない、そうとしか思えない――は、ほかの悪夢とはまったく似ても似つかない。

恐怖もパニックも暗闇もない。ちがう点の一つはそれだ。とはいえ、こうして怪物がいる。雲一つない夜空のようにくっきりと、ほんの十メートルか十五メートル先にそびえるように立って、夜の空気を重たい息遣いで呼吸している。

「これはただの夢だ」コナーはまたつぶやいた。

では訊くが、夢とは何だ、コナー・オマリー？　怪物は腰をかがめ、顔をコナーの高さに近づけた。じつはこれが現実で、ほかのすべてが夢だなどということはないと断言できるか？

怪物が身動きをするたびに、木がきしむ音が聞こえる。巨大な体のあちこちからうめくような音が漏れた。怪物の腕はいかにも力強い。ロープのようにより合わされた枝は、絶えずねじれたり形を変えたりしていた。きっとあれが木の筋肉なのだろう。筋肉は太い幹でできた胸につながっていて、その上に頭がのっている。歯は、一嚙みでコナーを食べられそうなくらい大きい。

「おまえはいったい何なんだ？」コナーは組んだ腕で胸をしっかり抱くようにしながら訊いた。

〝何〟ではない。怪物は嫌悪をあらわにして言った。それを訊くなら、〝だれ〟だ。

「じゃ、おまえはだれ？」

怪物は目を見ひらいた。わたしはだれなのかだと？　そう訊き返す声がしだいに大きくなる。わたしはだれなのか、だと？

コナーが見ている前で、怪物の巨軀《きょく》がなおいっそう大きくなったように思えた。上にも、横にも。ふいに強い風が吹きつけた。怪物が両腕を広げる。左右の地平線に届きそうなくらい遠く。世界を抱き寄せられそうなくらい大きく。

わたしは歴史とともに過ぎた歳月と同じ数の名を持っている！　怪物の声が低くとどろいた。わたしは狩人《かりうど》ハーンだ！　樹木神ケルヌンノスだ！　森の不朽の番人グリーンマンだ！

たくましい腕がさっと下りてきてコナーをさらい、空に向けて突き上げた。風が渦を巻いて、葉に覆われた怪物の皮膚をざわめかせた。

わたしはだれか？　怪物が咆哮する。山々を支える背骨だ！　川が流す涙だ！　風を吹かせる肺だ！　シカを殺すオオカミ、ネズミを殺すタカ、ハエを殺すクモ

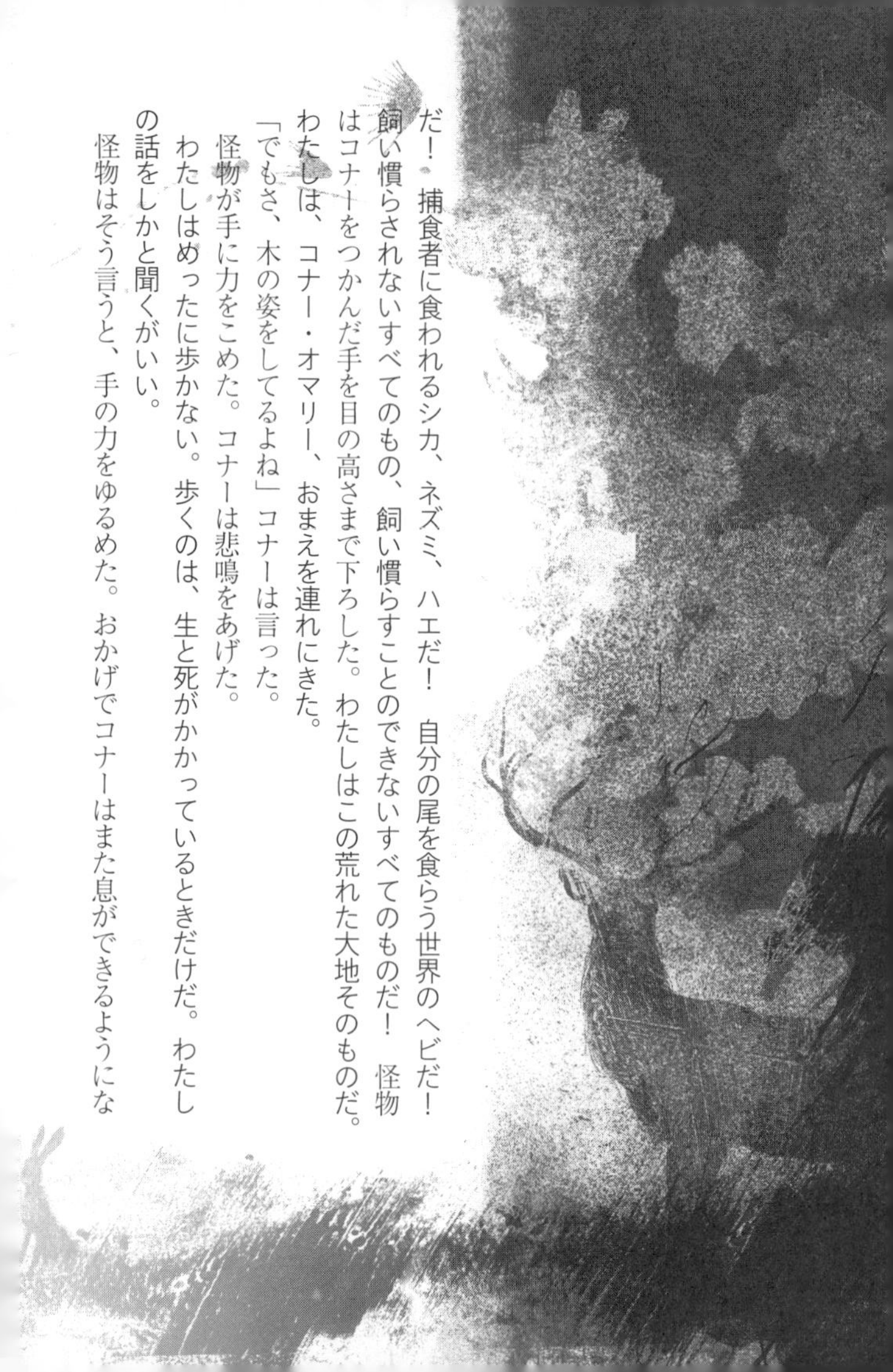

だ！　捕食者に食われるシカ、ネズミ、ハエだ！　自分の尾を食らう世界のヘビだ！　飼い慣らされないすべてのもの、飼い慣らすことのできないすべてのものだ！　怪物はコナーをつかんだ手を目の高さまで下ろした。わたしはこの荒れた大地そのものだ。わたしは、コナー・オマリー、おまえを連れにきた。

「でもさ、木の姿をしてるよね」コナーは言った。

怪物が手に力をこめた。コナーは悲鳴をあげた。

わたしはめったに歩かない。歩くのは、生と死がかかっているときだけだ。わたしの話をしかと聞くがいい。

怪物はそう言うと、手の力をゆるめた。おかげでコナーはまた息ができるようになった。「で、ぼくをどうするつもり？」

怪物は意地の悪い笑みを浮かべた。風がやんで、ふいに静寂が訪れた。ようやくその話題になったな。怪物は言った。わたしは何のために歩いてきたか。

コナーは体をこわばらせた。怪物が次に何を言うつもりでいるのか、急におそろしくなった。

これから何が起きるか、教えてやるぞ、コナー・オマリー。怪物が先を続けた。わたしはこれからも何度も来ることになる。

コナーの胃袋がきゅっとすくみ上がった。いまにもみぞおちにパンチがめりこむのではと警戒しているみたいに。

来て、三つの物語を話して聞かせる。以前、わたしが歩いたときの物語を三つ、おまえに聞かせる。

コナーは目をしばたたかせた。それから、もう一度。「物語を聞かせる？」

さよう。怪物は答えた。

「でも――」コナーは信じがたい思いであたりを見まわした。「それのどこが悪夢なわけ？」

物語はこの世の何より凶暴な生き物だ。怪物の声がとどろく。物語は追いかけ、嚙みつき、狩りをする。

「たしかに、学校の先生はみんなそう言うね。だれもそんなの真に受けないけど」

わたしが三つの物語を語り終えたら――怪物はコナーの言葉が耳に入らなかったかのように続けた。今度はおまえが四つめの物語をわたしに話すのだ。

コナーは怪物の手のなかで身をよじらせた。「物語を作るのは苦手なんだ」

おまえが第四の物語をわたしに話す。怪物は繰り返した。おまえは真実を語るのだ。

「真実って？」

ただの真実ではないぞ。おまえの真実だ。

「まあいいや」コナーは言った。「だけど、ゆうべ言ってたろ。終わるころにはこわくて震え上がってるだろうってさ。だけど物語なんて、ちっともこわそうに思えないんだけど」

それはちがうとおまえにもわかっているはずだ。おまえの真実は――おまえがひた隠しにしている真実は、コナー・オマリー、おまえがもっともおそれているもののはずだ。

もがいていたコナーは、動きを止めた。

まさか――

いや、そんなことはぜったいに――

こいつが〝あのこと〟を知っているなんて、そんなのはぜったいにありえない。

いやだ。お断りだ。本当の悪夢のなかでどんなことが起きるか、他人に話すつもりなどない。

話してなどなるものか。

おまえはかならず話す。怪物が言った。そのためにこのわたしを呼んだのだから。

コナーの困惑はますます深まった。「ぼくが呼んだ？　ぼくはそんなこと――」

おまえは第四の物語をわたしに聞かせる。おまえは真実を語るのだ。

「もし話さなかったら？」

怪物の顔がふたたび邪悪な笑みを作った。そのときは、おまえを生きたまま食らおうか。

そう言うなり、怪物は口をありえないほど大きく開いた。それこそ世界をまるごとぱくりと飲みこめそうなほど、コナーを永遠にこの世から消してしまいそうなほど大きく――


悲鳴とともに、ベッドの上で飛び起きた。

自分のベッドだ。自分の部屋のベッドに戻っていた。

当たり前だ。いまのは夢に決まっている。そう、夢だ。またしても夢を見たのだ。

腹立たしげにため息をつき、親指の付け根で目をごしごしこすった。毎晩、夢を見てはそのせいでこんなに疲れるようでは、いつ体を休めればいいのだろう。

水でも飲んでこよう。そう考えて毛布を払いのけた。いったん起きて、夢のことをきれいに忘れてから、もう一度寝直そう。あんなわけのわからない夢のこと、真剣に――

足の下で何かがつぶれる感触がした。

電気スタンドをつけた。床一面が、毒のある赤いイチイの実で埋めつくされていた。

窓はぴたりと閉ざされ、鍵もかかっているのに、どういうわけかそこを通り抜けてきたらしい。

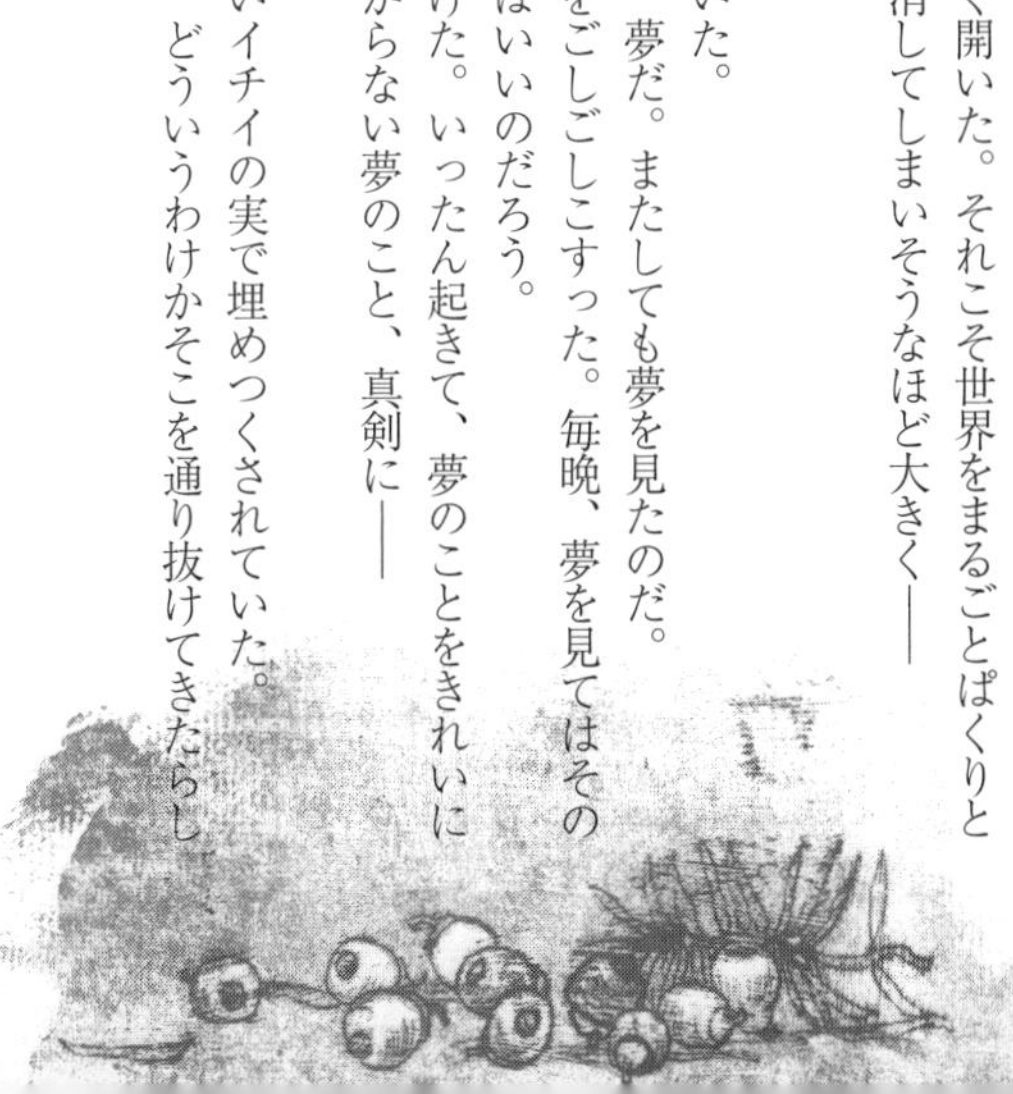

おばあちゃん

「いい子にしてたの？　ママのお荷物になったりしてないだろうね？」

おばあちゃんはそう言いながらコナーの頬をぎゅっとつねった。ものすごい力だった。あざでもつけてやろうと思っているにちがいない。

「とてもいい子にしてくれてるわ」母さんが代わりに答え、おばあちゃんのうしろからコナーに向かって片目をつぶってみせた。母さんはお気に入りの青いスカーフを頭に巻いている。

「だからそんなに痛めつけないであげて」

「このくらい、痛いわけないだろう」おばあちゃんはそう言うと、今度はふざけた調子でコナーの両方のほっぺたをぴしゃぴしゃと叩いた。冗談ではなく、本当に痛かった。「さあ、おばあちゃんとママのために、お湯をわかしてくれるね？」質問の形を取ってはいるが、それは命令だった。

コナーはこれ幸いと逃げ出した。おばあちゃんは腰に両手を当てて母さんをながめている。

「やれやれ」キッチンに入ろうとしたとき、おばあちゃんの声がリビングルームから聞こえた。

「どうにもこうにもひどいありさまだね」

コナーのおばあちゃんは、ほかの家のおばあちゃんとはちがう。リリーのおばあちゃんなら、何度も会ったことがある。絵に描いたようなおばあちゃんだ。しわくちゃで、いつもにこにこしていて、髪は真っ白で。クリスマスには、くたくたに茹《ゆ》でた野菜を全員に三皿ずつふるまったあと、紙で作った王冠を頭にのせ、シェリーを注いだ小さなグラスを手に部屋のすみっこに座って、くすくす笑いながらみんなの話を聞いていた。

ところがコナーのおばあちゃんは、あつらえのパンツスーツを愛用していて、白髪を染めている。そして「六十代は新しい五十代だよ」とか「クラシックカーには一番お高いワックスをかけないとね」とか、わけのわからないことばかり言う。いったいどういう意味なのだろう。バースデーカードは毎年Eメールで送ってきた。レストランに行けば、ワインの銘柄を決めるのにウェイターと議論を始める。あの年になっても仕事を続けている。それに、おばあちゃんの家ときたら。ものすごく高価な古いものばかり並んでいて、ちょっとでもさわろうものならこっぴどくしかられる。たとえば時計だ。掃除のおばさんがはたきでほこりを払うのさえ許さない。そうだ、そこもほかのおばあちゃんとちがうところだ。ふつうのおばあちゃんの家には、掃除のおばさんはいない。

「砂糖は二つ、ミルクはなしだよ」コナーがお茶を淹れていると、リビングルームからおばあちゃんの大きな声が聞こえた。言われなくたっていいかげん覚えている。おばあちゃんはもう、三千回くらいこの家に来ているんだから。

「ああ、ごくろうさま、坊や」お茶を運んでいくと、おばあちゃんが言った。

「ありがとう」母さんはおばあちゃんに見えないようにほほえみながらそう言った。さっきと同じように、二人で協力しておばあちゃんに対抗しようと内緒で誘っている。コナーもつられて小さくほほえみ返した。

「今日は学校はどうだった?」おばあちゃんが訊く。

「楽しかったけど」コナーは答えた。

本当はちっとも楽しくなんかなかった。リリーはまだぷりぷり怒っている。リュックサックを開けたら、キャップを外したフェルトペンが底のほうに入っていた。ハリーのしわざだろう。そのうえクワン先生はコナーをみんなから離れたところに呼んで、深刻な顔でこう念を押した――何かあったら先生に話すのよ。

「ところで」おばあちゃんはお茶のカップを置いて言った。「うちから一キロと離れていないところに、なかなかよさそうな男子校があるんだ。ちょっと調べてみたんだけれど、授業のレベルもかなり高いようだね。いま通ってる公立校よりずっと高い」

コナーはおばあちゃんを見つめた。おばあちゃんに会いたくない理由の一つがこれだった。いま言ったことだって深読みすれば、コナーの学校はレベルが低すぎると切り捨てたも同然だ。

いや、それだけですめばまだましだろう。もしかしたら、コナーのこれからについてほのめかしているのかもしれない。

そのあとのことを。

腹の底から怒りがふつふつとわきあがってきて――

「コナーはいまの学校が気に入ってるのよ」母さんは早口でそう言ったあと、またコナーに意味ありげな視線を送ってきた。「そうよね、コナー?」

コナーは歯を食いしばって答えた。「いまの学校に文句はないよ」

夕飯は宅配の中華料理だった。おばあちゃんは料理らしい料理はしない。本当だ。おばあちゃんの家に泊まりに行ったとき、冷蔵庫をのぞいてみたら、卵が一個にアボカドが半分あるきりだった。母さんは、まだ体がだるくて、料理は無理だった。コナーが何か作ってもよかったが、おばあちゃんの頭のなかでは、それは選択肢の一つでさえないらしい。

それでも、あとかたづけはコナーにまかされた。くず入れの底に隠しておいた、毒のある木の実の上にアルミホイルの空き容器を押しこんでいるところに、おばあちゃんがやってきた。

「ちょっと話がしたいんだけどね、坊や」おばあちゃんは戸口――たった一つの脱出口――をふさぐように立っている。

「ぼくにもちゃんと名前があるんだけど」コナーはゴミを上から押さえつけながら言った。

「ちなみに、その名前は〝坊や〟じゃない」

「生意気を言いなさんな」おばあちゃんはそれきり黙って腕を組んでいる。コナーはおばあちゃんをじっと見つめた。おばあちゃんのほうも目をそらさなかった。やがて舌打ちみたいな音が聞こえた。「あたしは敵じゃないんだよ、コナー。母さんの手伝いに来てるんだ」

「そのくらいわかってる」コナーはふきんを取って、とっくにぴかぴかになっているカウンターを拭いた。

おばあちゃんの手が伸びてきてふきんを引ったくった。「あたしが来たのはね、十三歳の男の子が頼まれもしないのにキッチンのカウンターを拭いたりしなくてすむようにだ」

コナーはおばあちゃんをにらみつけた。「だからって、おばあちゃんが拭くわけじゃないだろ」

「コナー――」

「いいから帰ってよ」コナーはさえぎった。「おばあちゃんがいなくたって、母さんと二人でだいじょうぶなんだから」

「コナー」おばあちゃんはそれまでより硬い声で言った。「これからのことを話しておきたいんだけどね」

「そんな必要ない。治療のあと、母さんの具合が悪いのはいつものことだし。明日にはきっとよくなる」コナーはそう言っておばあちゃんをにらみつけた。「つまり、明日にはおばあちゃんも帰れるってこと」

おばあちゃんは天井を見上げてため息をついた。それから両手で顔をごしごしこすった。コナーは驚いた。おばあちゃんは怒っている。ものすごく怒っている。

ただし、怒っている相手は、コナーではないのかもしれない。

コナーは新しいふきんを取って、またカウンターを拭きはじめた。おばあちゃんの顔を見ずにすむように。拭きながらシンクの前に来たところで、なんとなく顔を上げて窓の向こうを見た。

怪物が、沈みかけている夕陽に負けないくらい大きな怪物が、裏庭に立っていた。

コナーをじっと見すえていた。

「そう、明日にはよくなったように見えるだろうね」おばあちゃんが言った。その声は少しだけかすれていた。「でもね、本当によくなるわけじゃないんだよ、コナー」

そんなはずはない。コナーはおばあちゃんに向き直った。「母さんは治療でよくなってる。だから、治療を受けに行くんだ」

おばあちゃんは黙ったまま、長いことコナーを見つめていた。何か決めかねているような表情だ。やがてようやく口を開いた。「あんたのママとよく話をしておきなさい、コナー」それから、まるでひとりごとみたいにこう付け加えた。「ちゃんと話そうとしないママもママだね」

「話って、どんな？」コナーは訊き返した。

おばあちゃんは腕組みをして言った。「あんたはこれからおばあちゃんといっしょに暮らすって話」

コナーは眉をしかめた。ほんの一瞬、室内から明かりが消えたような気がした。ほんの一瞬、家全体が揺れているような気がした。ほんの一瞬、つと手を伸ばせば、栄養をたっぷり含んだ黒い土から床を引きはがせそうな気が――

目をしばたたかせた。おばあちゃんはコナーの返事を待っている。

「おばあちゃんのうちには行かないよ」

「コナー――」

「おばあちゃんのうちで暮らしたりなんかするの、ぜったいにごめんだよ」

「あんたはうちに来るの」おばあちゃんは言った。「気持ちはわかるよ。でも、もう決まったことなんだ。ママはあんたを守ろうとしてるんだね。でも、あたしはこう考えてる。何もかも終わったあとも、住む家はちゃんとあるってことを、いまのうちからちゃんと知っておいてもらいたいって。あんたを愛してる人間、あんたのためを考えられる人間といっしょに暮らす家があるってことを」

「何もかも終わったら」コナーの声に燃えるような怒りが忍びこんだ。「おばあちゃんは自分のうちに帰ればいい。母さんとぼくは二人で平気だから」

「コナー――」

そのとき、リビングルームから声が聞こえた。「お母さん？　お母さん！」

おばあちゃんは大急ぎでキッチンを飛び出していった。コナーがびっくりして思わず飛びのいたほどの勢いだった。母さんが咳きこんでいて、おばあちゃんがこう声をかけているのが伝わってくる。「だいじょうぶ。だいじょうぶだから、さあ、落ち着いて」コナーはリビングルームに行こうとして、ふとキッチンの窓のほうを振り返った。

怪物は消えていた。

おばあちゃんはソファに座り、母さんを抱きかかえるようにして背中をさすっていた。母さんは万一に備えていつもそばに置いている小さなバケツに吐いていた。

おばあちゃんが顔を上げてこちらを見た。表情は硬く、内心を読み取ることはできなかった。

凶暴な生き物

家は闇に沈んでいる。おばあちゃんはようやく母さんを落ち着かせてベッドに寝かせると、持ち出しておきたいものはないか、コナーに確かめることもせずに、コナーの部屋に勝手に入ってドアを閉めた。

コナーはソファに横になったものの、眠らずにいた。今夜はどうしたって眠れそうにない。おばあちゃんにあんなことを言われたうえに、母さんはとりわけ具合が悪そうだった。治療からもうまる三日もたっている。いつもなら、そろそろ元気を取りもどすころだ。ところが今回にかぎってはまだ吐き気がおさまらないし、見るからにだるそうにしている。いままでだったらとっくに――

そのことを考えるのはやめた。しかし、心配な気持ちは追い払っても追い払っても舞い戻ってきてしまう。それでもいつのまにかうとうとしていたらしい。ただし、自分が眠っているとわかったのは、悪夢がやってきたからだった。

大木ではない。来たのはおそろしい夢だ。

風がうなりをあげ、地面は揺れ動いていた。しっかりと握っているつもりの手は、なぜなのだろう、やはり少しずつすべっていってしまう。コナーは全身の力を両手に集中させている。なのに、まだ足りない。手は力を失って、転落と、悲鳴と――

「やめろ！」コナーは叫んだ。こちらの世界まで追いかけてきた恐怖に胸を締めつけられて、息さえまともにできなかった。のどが詰まりそうだ。目には涙があふれかけていた。

「やめろ」さっきより小さな声で繰り返した。

家は静まり返って真っ暗だ。しばらく耳をすまし、物音をとらえようとした。どこかで何かが動く気配はまるでない。母さんの部屋からも、おばあちゃんのいるコナーの部屋からも、音は聞こえてこなかった。暗がりに目を凝らし、ＤＶＤプレーヤーのデジタル時計を確かめた。

00：07。ふう、やっぱりか。

静寂に懸命に耳をすます。何も起きない。コナーを呼ぶ声も、木のきしむ音も聞こえない。

今晩はこのまま現われないのだろうか。

時計は　00：08を示した。

00：09。

なんとなく腹立たしいような気分で立ち上がり、キッチンに行った。窓から外の様子をうかがう。

裏庭に怪物が立っていた。

待ちくたびれたぞ。怪物は言った。

今夜は第一の物語を話そう。

コナーはガーデンチェアに腰を下ろしたまま動かなかった。怪物がいるのに気づいたあと、裏庭に出てそこに腰を下ろし、両脚を胸に引き寄せて、あごを膝にのせていた。

聞くつもりはあるのか、ないのか。

「ないよ」コナーは答えた。

また強い風が吹きつけて渦を巻いた。聞かないとは言わせんぞ！　怪物の声がとどろく。わたしはこの大地と同じだけの歳月を生きてきた。それなりの敬意というものを受けて当然――

コナーは立ち上がると、勝手口のほうに戻りかけ

た。

　おい、どこへ行く？　怪物が険しい調子で訊いた。

　コナーは勢いよく振り返った。その顔に激しい怒りと苦悩を見て取ったのだろう、怪物は驚いたように背筋をのけぞらせ、葉でできた眉を吊り上げた。

「何がわかるのさ？」コナーは吐き捨てるように言った。「ぼくの何を知ってるつもりでいるわけ？」

　おまえのことはみんな知っているぞ、コナー・オマリー。

「ふん、何も知らないくせに」コナーは言った。「ほんとに知ってるなら、退屈でつまらない作り話を聞いてる暇なんかないってことだってちゃんと知ってるはずだろ。しかも、本当に存在するわけでもない、退屈でつまらない木から――」

　ほほう？　部屋の床に散らばっていた木の実。あれも夢だったとでも言うつもりか。

「あれが夢じゃなかったとしても、そんなこと、どうだっていいじゃないか！」コナーは叫び返した。「あんなの、何の意味もないただの木の実だ。ああ、いやだよう、こわいよう。お願い、お願いだから、木の実からぼくを助けて！」

　怪物はいぶかしげにコナーを凝視した。じつに奇妙なことだな。口では木の実がこわいと言っている。ところがおまえのその態度は、ちっともこわくないと言っている。

「さっき、大地と同じくらい昔から生きてるっていばってたくせに、皮肉ってものも知らない

の？」

ああ、それなら聞いたことはある。怪物は枝でできた大きな両手を腰に当てた。しかし、常識的な神経の持ち主なら、わたしに向かって皮肉など言わない。

「とにかくさ、もう放っておいてよ」

怪物はかぶりを振った。ただし、コナーの頼みをはねつけようとしてのことではなかった。じつにめずらしいことだ。わたしが何をしようと、おまえはわたしをこわいとは思わないらしい。

「だって、おまえはただの木じゃないか」コナーは言った。ほかにどう考えろというのだろう。たしかに、歩いたりしゃべったりするし、コナーの家より背が高くて、コナーをぱくりと一のみできそうなくらい大きい。それでも、結局のところただのイチイの木にすぎなかった。その証拠に、ほら、ひじのあたりに新しい実がいくつかふくらみかけている。

わたしよりもこわいものがあるというわけだな。怪物が言った。それは質問ではなかった。

コナーは地面に視線を落とした。次に月を見上げた。怪物の目だけは見ない。悪夢の感覚が胸の奥から広がりはじめている。それは、周囲のすべてを闇に変えようとしていた。何もかもが重たく、不可能に思えた。素手で山を持ち上げろと命じられたみたいに。持ち上げるまではどこにも行かせないぞと宣告されたみたいに。

「思ったんだけど」そう切り出したものの、先を続ける前に咳払いをしなくてはならなかった。

「夕方、おばあちゃんと喧嘩してたとき、こっちを見てたろ。あのとき思ったんだ……」

何を思った？　コナーが言いよどんでいると、怪物がうながした。

「やっぱり何でもない」コナーは家のほうに向き直った。

わたしはおまえを助けに来たのかもしれない、そう思ったのだろう。怪物が言った。

歩きだそうとしていたコナーはふと立ち止まった。

おまえはこう考えた。わたしはおまえの敵を倒しに来たのかもしれない。おまえのためにドラゴンを退治しに来たのかもしれない。

コナーはやはり振り返らなかった。しかし、家のなかにも入らずにいた。

おまえのほうがわたしを呼んだのだと言ったとき——わたしがこうして歩いてやってきた理由はおまえなのだと話したとき、おまえは心のどこかでそれは真実だと直感した。どうだ、ちがうか。

コナーは振り向いた。「でも、ほんとはそうじゃなくて、ぼくに物語を聞かせるために来た。そうだろ？」がっかりしていることを声に出すまいとしたが、無理だった。怪物の言うとおりだからだ。あのとき、そのとおりのことを思った。本当にそうだったらどんなに心強いだろうと思った。

怪物は片方の膝を地面につき、コナーの鼻先に顔を近づけた。さよう、わたしが敵を倒した物語を聞かせるために来た。わたしがドラゴンどもを退治したときの物語を。

怪物に真正面からのぞきこまれて、コナーは思わず目をしばたたかせた。

物語とは油断のならない生き物だ。怪物が続けた。野に放してみろ。どこでどんなふうに暴れ回るか、わかったものではない。

怪物は目を上に向けた。コナーはその視線を追った。怪物が見上げているのは、コナーの部屋の窓、おばあちゃんがやすんでいる部屋の窓だった。

わたしが歩いたときの話をして聞かせよう。怪物は言った。意地の悪い女王がたどった運命を話そう。わたしはあの女王が二度と人々の前に現われることがないようにした。その話をしよう。

コナーはごくりとのどを鳴らし、怪物の顔をまっすぐに見返した。

「わかった。聞くよ」コナーは言った。

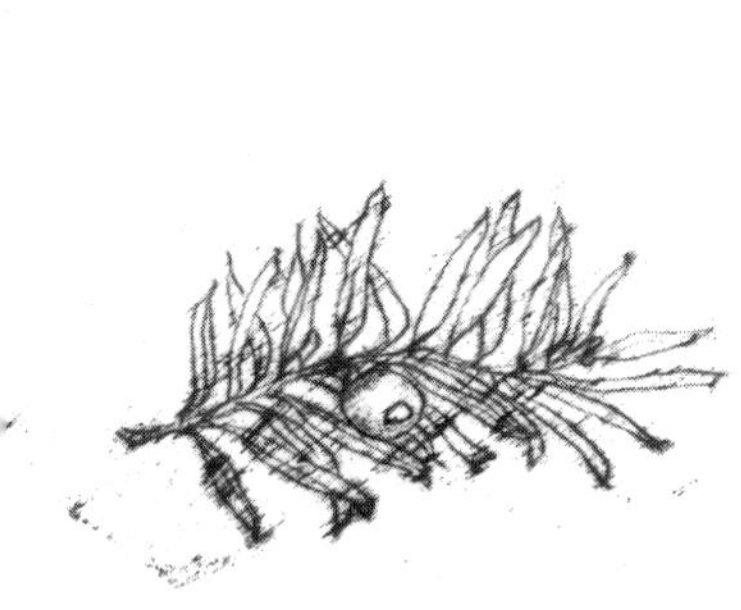

第一の物語

遠い昔――と怪物は語りはじめた――まだ道路も鉄道も自動車もなかったころ、ここは緑の大地だった。どの丘も樹木で緑色に覆われていた。道は木々のあいだを抜けていた。木の枝が小川に影を落とし、家々を守っていた。そのころすでに、人は住んでいた。石と土で作った家に住んでいた。

ここは王国だった。

（「え？」コナーは裏庭を見まわした。「ここが？」）

（怪物は首をかしげ、不思議そうにコナーを見た。知らなかったか。）

（「ここに王国があったなんて話、いま初めて聞いた」コナーは答えた。「だって、マクドナルドさえない田舎町だよ？」）

ともかく、ここには王国があった。小さいが、平和な国だった。王は君主らしい君主だったから――苦しい体験を通じて賢い知恵を身につけたりっぱな王だったからだ。王妃は強い王子を四人産んだ。しかしその王子たちに王位を引き継ぐまでのあいだに、国の平和を守るため、王は何度も戦いに臨まなくてはならなかった。巨人やドラゴンとの戦い、赤い目をした黒いオオカミとの戦い、偉大な魔法使い率いる軍勢との戦い。

そういった戦いをへて、国境の安全と国内の平和が保たれていた。しかし、勝利には代償がつきものだ。四人の息子たちは、一人、また一人と命を落としてしまった。ドラゴンが吐く炎、巨人の手、オオカミの牙《きば》、人間の槍に殺されたのだよ。王国の四人の王子がみな死んでしまうと、王位を継ぐ者はただ一人、まだ幼い王の孫だけになった。

(「ねえ、これって子供向けのおとぎ話？　ものすごくメルヘンチックに聞こえるんだけど」コナーは疑わしげに訊いた。)

(槍で突き殺される人間の悲鳴を耳にしたら、おとぎ話だなどとは思えないはずだ。怪物は言った。あるいは、オオカミに体をずたずたに引き裂かれる恐怖の叫びを耳にしたら。いいから黙って聞け。)

王妃と、幼い孫の母親は、悲しみに押しつぶされて衰弱し、やがて死んでしまった。王に残されたのは、いまやただ一人の王子となった孫と、一人の人間が背負うには重すぎる悲しみだけだった。

「新しい妃《きさき》を迎えなければならぬ」王は宣言した。「わたしのためだけではなく、王子とわが王国のために」

言葉どおり、王は新しい妃をめとった。花嫁は近隣の王国の王女だった。いわゆる政略結婚、二つの王国をいよいよ強大にするための結婚だ。新しくやってきた王妃は、若くて魅力的だった。顔立ちはいくらかきつく、物言いもいくぶん辛辣《しんらつ》だったが、王は新妻に満足した様子だった。

時は流れた。幼かった王子は十六歳になった。あと二年がたって満十八歳になれば、王位を継承する資格が与えられる。そのころが王国にとってもっとも幸福な時代だった。戦いは終わり、王国の未来は、若く勇敢な王子の手のなかにあった。

ところがある日、王が病に倒れた。新しい王妃に毒を盛られたのだという噂《うわさ》がどこからともなく広まった。実際はもっとずっと年を取っているのに、王妃は邪悪な魔法を使って若く見せているのだとか、あのみずみずしい顔の裏には醜い老婆の顔が隠されているとか、そんな噂もささやかれた。あの王妃なら毒を盛りかねないとみなが思ったが、当の王は、死の間際まで、王妃に罪をなすりつけてはならぬと臣民に訴えつづけた。

まもなく王は亡くなったが、孫が王座を継ぐことのできる年齢に達するまでにまだ一年残っていた。それまでのあいだ、継祖母にして祖父の王妃が摂政となり、国政のすべてを司《つかさど》ることになった。実質的な女王となったのだ。

初めのうち、新しい女王は優れた手腕を発揮してみなを驚嘆させた。その外見は、噂に反して、若々しく魅力的なまま変わらず、亡くなった王の遺志を継いで国を治めようと献身的に働いた。

ちょうどそのころ、王子は恋に落ちていた。

(「ああ、やっぱり」コナーはうめいた。「こういうおとぎ話ってさ、恋に落ちる愚かな王子がかならず出てくるんだよね」コナーは家のほうに歩きだした。「なんだよ、おもしろい話なんだろうと思って黙って聞いてたのに、損した気分」）

（怪物は長くて力強い手をすばやく一振りすると、コナーの足首をつかみ、空中にさかさまにぶら下げた。コナーのTシャツの裾がまくれて、心臓の音が頭のなかで大きく響きはじめた。）

（先を続けるぞ。怪物が言った。）

王子は恋をしていた。相手は王女でも何でもない、一農民の娘だった。それでもとても美しかったし、頭もよかった。農民の娘は頭がよくなくては務まらない。農業というのは、なかなか複雑な仕事だからな。王国の住人は、若い恋人たちをほほえましく見守った。

ところが、女王だけはちがった。女王の地位がいたく気に入って、その座を明け渡すことに筋ちがいの抵抗を感じるようになり、王冠は身内に受け継がれるのが一番ではないか、国はうまく治めるに足る賢さを持った者にゆだねられるべきではないかと思うようになっていたからだ。そのためには、王子が自分と結婚するのが最良の解決策ではないか。

（「それ、ちょっと気色悪いよ」コナーはさかさにされたまま叫んだ。「だって、王子から見たら、女王はおばあちゃんってことじゃないか！」）

（義理の祖母だ。怪物が訂正した。血はつながっておらん。それに、どこをどう見ても、まだ若い女だった。）

（コナーが首を振ると、髪がゆらゆら揺れた。「だとしても、やっぱりどうかと思うな」ちょっと間をおいて付け加えた。「あのさ、下ろしてもらえない？」）

（怪物はコナーを地面に下ろし、物語を再開した。）

王子も、女王と結婚するのはいやだと考えた。それくらいなら、死んだほうがましだと言った。そして、美しい農民の娘を連れて逃げ、十八歳の誕生日に王国に戻ってきて、女王の暴虐から国を解放しようと誓った。ある晩、王子と農民の娘は馬で出発した。夜明け近くになってようやく馬を止め、イチイの大木の陰で休んだ。

（「そのイチイの大木って、もしかして――？」コナーはたずねた。）

（さよう、このわたしだ。怪物は答えた。しかし、わたしの一部にすぎないとも言える。わたしはどんな大きさにも、どんな形にもなれる。ただ、このイチイの木の姿をしているのが何より楽でいい。）

空が白んでいくなか、王子と農民の娘は身を寄せ合った。王子が即位してきちんと結婚式をするまでは純潔を守ろうと誓い合っていたが、燃えるような情熱に屈した。二人はまもなく、裸で抱き合ったまま眠りに落ちた。

わたしの枝が落とす影に守られて、ふたたび夜の帳《とばり》が下りるまで眠りつづけた。先に目を覚ましたのは王子だった。「さあ、目覚めてくれ、愛《いと》しいひとよ」王子は農民の娘の耳もとでささやいた。「正式に結婚の誓いを交わす日まで、馬を走らせつづけなくてはならない」

ところが、愛しい娘は目を覚まさない。王子は娘をそっとゆすった。月明かりの下、娘の体が力なくもたれかかってきたとき、王子は初めて、地面に血溜《ちだ》まりができていることに気づいた。

（「血？」コナーは口をはさんだが、怪物はかまわず先を続けた。）

王子の両手にも血がべっとりとついていた。そばの草の上、木の根元には、血まみれの短剣も落ちている。何者かが愛する恋人を殺したのだ。それも、王子のしわざに見せかけて。

「女王め！」王子は叫んだ。「この裏切り行為を働いたのは、女王にちがいない！」

遠くから村人たちが近づいてくる気配がしていた。短剣や血を見たら、きっと王子を殺人者と呼ぶことだろう。王子は死刑に処されるだろう。

(「王子がいなくなれば、女王はだれにも邪魔されずに王国を治められるってわけか」コナーは嫌悪に鼻を鳴らした。「この話の結末は、女王はイチイの木に首をねじ切られました、だといいいな」)

しかし、王子には逃げ場がなかった。馬も、眠っているあいだに追い払われていた。身を隠す場所はイチイの木しかない。

助けを求める相手も、イチイの木しかなかった。

そのころ、世界はまだ若かった。物事の境界線はいまよりずっと細く、それを越えるのは簡単だった。王子もそのことを知っていた。そこで大木を見上げると、話しかけた。

(怪物はそこで口をつぐんだ。)

(「王子はなんて言ったの？」コナーはたずねた。)

(わたしに歩く決意をさせるようなことをだ。怪物は答えた。卑劣な行ないがあれば、わたしにはわかるのだよ。)

王子は近づいてくる村人たちに駆け寄った。「わたしの花嫁が女王に殺された！　女王の横暴をこれ以上許してはおけない！」

　女王は魔術を使うという噂はそれ以前からずっとささやかれていたし、若き王子は王国の人々から愛され、慕われていたから、村人たちは即座に王子の言い分を信じた。丘よりも高くそびえるグリーンマンが天罰を下さんと王子に付き従っていたことも効果的だった。

（コナーは怪物の巨大な腕や脚、ぎざぎざの歯が並んだ口を、その恐ろしいまでの巨大な姿を、あらためてながめた。近づいてくる怪物を見たときの女王の気持ちを想像してみた。）

（想像して、小さくにやりとした。）

　人々は女王の城に乗りこんだ。壁を作る石が転がり落ちるほどの荒々しさだった。堡塁《ほうるい》が崩れ、天井は落ちた。暴徒は自室にいた女王を見つけると、外に引きずり出し、杭《くい》に縛りつけて火あぶりにしようとした。

（「そうこなくちゃ」コナーはにんまりとして言った。「当然の報いってやつだ」おばあちゃんが眠っている部屋の窓を見上げる。「さすがにぼくの手伝いはしてくれないよね？　もちろん、生きたまま焼こうとまでは思わないけどさ、たとえば――」）

　この物語には――怪物は言った――まだ先がある。

第一の物語の続き

「え、まだ終わりじゃないの？」コナーは訊いた。「女王は王座から追い払われたのに？」

さよう。怪物は言った。ただし、わたしが打倒したのではない。

コナーは混乱して口ごもった。「でも、二度と人々の前に姿を現わすことがないようにしたって」

それは事実だ。村人が女王を焼き殺そうと火を放ったとき、わたしは割って入って女王を救い出した。

「え？」

女王を助け上げて、村人たちに決して見つからない、遠い遠い土地へと運んだ。女王が生まれた王国も越えた、海辺の村に。女王が穏やかに暮らせるよう、そこに下ろした。

コナーは立ち上がると、驚きのあまり叫ぶように言った。「女王は農民の娘を殺したんだよ！　そんな悪人を助けるなんて――」そこでふいに目を伏せると、一歩うしろに下がった。

「おまえはやっぱり、ただの化け物なんだ」

農民の娘を殺したのは女王だとはわたしは言っておらんぞ。王子がそう言ったと言ったまでだ。

コナーは目をしばたたかせた。それから腕組みをした。「じゃあ、犯人はいったいだれ？」

怪物は大きな手を意味ありげなしぐさで開いた。かすかな風とともに霧が吹きよせた。コナーの家はまだちゃんと背後に建っている。しかし霧に包まれた裏庭は、野原に変わっていた。真ん中にイチイの大木があり、その根元で男と女が眠っている。

愛を確かめ合ったあと、王子はじつは眠らずにいた。怪物が言った。

コナーは二人を見守った。まもなく年若い王子は立ち上がると、眠っている娘を見下ろした。たしかに、美しい顔立ちをしていた。王子はしばらく恋人の寝顔に見入っていたが、やがて毛布を体に巻きつけ、イチイの枝につないであった馬のところにいくと、鞍嚢《あんのう》から何かを取り出した。馬をつないでいた綱をほどき、尻を叩く。馬は走り去った。それから王子は、鞍嚢から取り出したものを持ち上げた。

短剣だった。月光を反射して青白くきらめく短剣。

「うそ！」コナーは叫んだ。

怪物が両手を閉じた。霧がふたたびあたりを覆う。王子は短剣を振りかざしながら、眠っている農民の娘に近づいた。

「娘をゆすっても目を覚まさなくて、王子は驚いたって言ったじゃないか！」コナーは叫んだ。

農民の娘を刺したあと――怪物が言った。王子は娘のかたわらに寄り添って眠った。目を覚ましたとき、だれかに見られていないともかぎらないと考え、独り芝居をした。ただ、こう言

えばおまえは驚くかもしれないが、王子自身に見せるための芝居でもあった。怪物の枝がきしんだ。人は嘘《うそ》をつくとき、だれより自分がその嘘を必要としているという場合も少なくないのだよ。

「王子は力を貸してくれって頼んだ。さっきそう言ったよね。だから力を貸した、そう言ったよね」

わたしはこう言ったのだ。王子はわたしに歩く決意をさせるに足るだけのことを話した。

コナーは目を丸くして怪物を見、次に裏庭を見た。霧が晴れるにつれて、元の裏庭が姿を現わそうとしていた。「王子は何て話したわけ?」

王国のためを思ってしたことだと言った。新しい女王は噂どおりの魔女で、祖父の王も結婚前は疑っていたものの、女王の美しさに、最後には目がくらんでしまったのだと。しかし、強力な魔法を使う女王を自分一人で倒すことはできない、村人たちの怒りを味方につけるしかないと言った。農民の娘を殺したのは、そのための方便だとな。娘を死なせたことは気の毒に思っている、胸が張り裂けそうに悲しいとも言った。ただ、自分の父も国を守って命を落とした。花嫁の死もそれと同じだ、巨悪を滅ぼすための代償だ。娘を殺したのは女王だと言ったとき、王子自身、その言い分を疑っていなかった。王子は王子なりに、それは真実と同じだと信じていたのだ。

「そんなの嘘に決まってる!」コナーは声を張りあげた。「恋人を殺す必要なんかなかった。村人は王子の味方だった。恋人を殺したりしなくたって、王子に加勢したはずだ」

人を殺《あや》める人間の弁解を決して鵜呑《うの》みにしてはいかん。怪物は言った。わたしが不正と見たのは――わたしが歩く決意をしたのは、王子のためではなかった。女王のためだった。

「王子は捕まったの？」コナーはあっけにとられたまま訊いた。「王子は罰を受けたの？」

国民からうんと慕われる王になった。長生きをして、死ぬまで平和に国を治めた。

コナーは自分の部屋の窓を見上げ、またしても眉をひそめた。「じゃあ、善良な王子は人殺しで、邪悪な女王は魔女でも何でもなかったってこと？　それがこの話の教訓？　おばあちゃんと仲よくしなさいってこと？」

ざわざわと奇妙な音がした。それまで聞いたことのない音だった。しばらくしてコナーは、それは怪物が笑っている声らしいと気づいた。

わたしが教訓を与えるために物語をすると思っているのかね。めったに歩くことのないわたしがこうしてわざわざ来たのは、人に優しくしろとおまえに教えるためだと思うのか。

怪物はまた笑った。その笑い声はどんどん大きくなっていき、やがて地面が震えはじめた。空まで転がり落ちてくるのではないかと心配になるほどだった。

「まあ、そうだね、それもそうだ」コナーは居心地の悪い思いをしながら言った。

いやいや――ようやく笑いの発作がおさまると、怪物は言った。女王は本当に魔女だったのだよ。あのまま女王の地位に就いていたら、王国に大きな災いをもたらすことになっていたかもしれない。そういう未来も充分にありえた。女王は権力にしがみつこうとしていたのだからね。

「じゃあ、どうして命を助けたりしたの？」

女王は殺人者ではなかったからさ。

コナーは裏庭をぶらぶら歩きながらしばらく考えた。ひととおり考えたあとも、またもう少し考えた。「わからないな。この話の善玉はいったいだれ？」

物語にかならず善玉がいるとはかぎらん。悪玉についても同じだ。人間のほとんどは、善と悪のあいだのどこかに位置しているものだ。

コナーは首を振った。「退屈な話だ。それにずるすぎる」

これは実話だ。真実というものはたいがい、ごまかしのように聞こえるものだ。王国にはそれにふさわしい王子が生まれる。農民の娘はこれといった理由もなく死ぬ。魔女が救われるべき場合もある――少なからずな。現実というものを知ったら、おまえは腰を抜かすにちがいない。

コナーはまた自分の部屋の窓を見上げ、ベッドで眠っているおばあちゃんを思い浮かべた。

「で、いまの話は、どうやってぼくをおばあちゃんから救ってくれるんだろう」

怪物は背筋を伸ばしてまっすぐに立ち、はるかな高みからコナーを見下ろした。

わたしがおまえを救うとしても、おばあちゃんからではない。

コナーはソファの上で起き上がった。今度もまた息苦しかった。

時計を確かめる。十二時七分。

「なんだよ！　いまのは夢でしたってわけ？」

腹立たしげに立ち上がろうとして――

爪先にちくりと痛みを感じた。

「ああ、もう、今度は何？」うめくように言い、電灯のスイッチに手を伸ばした。

床板の節から、初々しい、しかしとてもしっかりとした若木が三十センチほど伸びていた。

コナーはしばらくそれをぼんやりとながめていた。やがてキッチンから包丁を取ってくると、床から若木を切り取った。

協定

「許してあげてもいいよ」次の日の朝、学校に行く途中でリリーが追いついてきて言った。

「何を?」コナーはリリーの顔を見ずに訊いた。怪物の物語にまだむしゃくしゃしていた。人をだまして、ひねくれた結末を作って。床から生えた若木はやけにしぶとく、切り取るのに三十分もかかった。ほとんど眠らないうちに起きる時間になってしまったような気がしたが、遅刻するよというおばあちゃんの大声で目が覚めて、どうやらいちおう眠っていたらしいとわかった。おばあちゃんは母さんに行ってきますも言わせてくれなかった。母さんは一晩中苦しんでいたから、少し休ませてやらなくてはならないというのがおばあちゃんの言い分だった。それを聞いて、コナーはいっそううしろめたくなった。母さんがつらい思いをしていたなら、そばについているのはコナーの役割のはずだ。コナーがろくに歯も磨かないうちにリンゴを一つ押しつけて玄関から追い出したおばあちゃんなんかではなく。

「あたしにしかられる役を押しつけたこと。そんなこともわからない?」リリーの口調は、言葉のわりに辛辣ではなかった。

「自分のせいでしかられたんじゃないか」コナーは言い返した。「サリーを突き飛ばしたのはリリーだろ」

「嘘をついたのを許してあげる」リリーはプードルみたいな巻き毛をいつものようにゴムできっちりと一つに結んだ。

コナーは黙って歩きつづけた。

「引きかえに謝ってくれたりはしないの？」リリーが訊く。

「しない」コナーは言った。

「どうして？」

「悪いと思ってないから」

「コナー——」

「悪かったなんて思ってない」コナーは足を止めた。「それに、ぼくはリリーを許さない」

ひんやりとした朝の陽射しのなか、二人はにらみ合った。相手より先に目をそらしてなるものかとにらみつづけた。

「ママに言われたの。コナーのこと、何かと大目に見てあげなくちゃだめよって」

その瞬間、太陽が雲のうしろに姿を隠したような気がした。その瞬間、コナーの目に映っていたのは、急ぎ足で迫ってくるどす黒い雷雲だけだった。その雷雲がいまにも真上で稲妻を放とうとしているのを——稲妻がコナーの体を貫いて、コナーの握り締めたこぶしから抜けていくのを、感じたような気がした。その一瞬、リリーの周囲の空気をつかんでねじり、リリーごと真っ二つに引き裂けそうな気が——

「コナー？」リリーがおびえたように言った。

「きみのママは何もわかってない」コナーは言った。「きみもね」

リリーをその場に残して歩きだした。急ぎ足で。


いまから一年と少し前、リリーはコナーの母さんのことを友達の何人かに話した。話していいなんてコナーは言ってなかったのに、だ。リリーの友達はそのまた友達に話し、その友達はそのまた友達に話して、その日の昼休みにもならないうちに、コナーのまわりにぽっかりと円い空白ができた。コナーを中心とする死のエリア。円周には地雷が埋まっていて、だれもがそれをこわがって足を踏み入れようとしない。それまでコナーが友達と思っていた生徒たちまで——リリーのほかにはそう大勢はいなかったが——コナーが来たのに気づくと、おしゃべりをやめた。廊下や食堂を歩けば、ひそひそした話し声が聞こえた。授業中に手をあげると、先生たちまでなんともいえない表情をしてコナーを見た。

やがてコナーは友達の輪に入るのをやめた。こそこそささやき合っている生徒たちに視線を向けるのもやめた。授業中に手をあげるのさえやめた。

それでもみな知らん顔をしていた。まるでコナーがふいに透明人間になったみたいだった。

あれほどつらい学年は初めてだった。夏休みが来て、あんなにほっとしたのも初めてだった。母さんは本格的な治療を受けはじめていた。体には負担がかかるが〝着実に効いている〟、長期にわたる治療スケジュールもそろそろ終わりに差しかかろうとしている——母さんは何度も何度もそう繰り返した。予定では、ちょうどコナーの新学年が始まるころ、母さんの治療も終わるはずだった。二人とも、何もかも忘れて新たなスタートを切れるはずだった。

ところが、そうはならなかった。母さんの治療は当初考えていたよりも長引いた。まず第二クールが、次に第三クールが続いた。新学年の先生たちは、前の年の先生たち以上にコナーの神経をさかなでした。コナーがどんな生徒か知る前に、母さんの件を知ってしまったからだ。生徒たちはあいかわらず、病気に苦しんでいるのはコナー本人だとでもいうように接した。ハリーと取り巻きコンビがコナーを標的にするようになってからは、その傾向はいっそう加速した。

そして今度はおばあちゃんが泊まりに来た。そのうえ、コナーは木の夢ばかり見ている。いや、もしかしたら夢ではないのかもしれない。そうだとしたら、夢を見ているよりなお悪い。

地面に八つ当たりするみたいにして学校まで歩いた。リリーのせいだと思った。事実、責任の大半はリリーにある。そうだろう?

コナーはリリーのせいだと思った。ほかに悪者にできそうな相手はいない。

ハリーのパンチは今度こそ本当にみぞおちにめりこんだ。

コナーは地面に倒れた。その拍子にコンクリートの階段に膝小僧がこすれ、制服のズボンに穴があいた。みぞおちの痛みより何より、その穴が気に入らなかった。裁縫は大の苦手なのだ。

「おまえってほんとドジだな、オマリー」サリーの嘲笑《あざわら》う声が背後のどこかから聞こえてきた。「毎日、どっかから落っこちてさ」

「そのドジ、医者に診てもらったほうがいいんじゃないの？」アントンの声も聞こえた。

「もしかして、酔っぱらってるとか？」サリーが言い、二人がまた笑った。だが、その笑いと笑いのあいだに、無音の空間が微動だにせずいすわっている。ハリーが立っているのであろう場所、ハリーは笑っていないであろう場所。振り返って確かめるまでもない。ハリーは黙ってコナーを観察している。コナーの反応をじっと待っている。

立ち上がると、校舎の近くにリリーの姿が見えた。休み時間はそろそろ終わりだ。リリーはほかの女の子たちといっしょに教室に戻ろうとしている。ただ、だれともおしゃべりはしていなかった。無言でコナーに視線を向けたまま歩いていく。

「おっと、今日はスーパープードルちゃんは救援に駆けつけてくれないらしいぞ」サリーはまだ笑っている。

「おかげでおまえは助かったな、サリー」ハリーが初めて口を開いた。コナーはまだ三人に背を向けたままだったが、サリーのジョークを聞いてもハリーが笑っていないことは、気配で感じ取れた。コナーはリリーが校舎のなかに消えてしまうまで、うしろ姿を目で追った。

「なあ、俺たちはおまえに話してるんだぜ。せめてこっちを向いたらどうなんだよ」サリーが言った。ハリーのひとことにむっとしているにちがいない。その勢いでコナーの肩をつかむと、強引に自分たちのほうを向かせた。

「おい、そいつにさわるな」ハリーが言う。その声は穏やかで落ち着いていたが、ひどく不吉な響きを帯びていた。サリーははじかれたように引き下がった。「オマリーと俺とのあいだには、暗黙の了解がある」ハリーが続けた。「こいつに手を出していいのは俺だけだ。そうだな？」

コナーは一瞬の間をおいてから、ゆっくりとうなずいた。どうやらそういう協定が存在しているらしい。

ハリーはあいかわらず無表情のまま、そしてコナーの目をまともに見すえたまま、コナーのすぐそばに近づいた。コナーはひるまなかった。二人は黙ってたがいの目を見つめていた。アントンとサリーは、どこか不安げにめくばせを交わしている。

ハリーがわずかに首をかしげた。頭のなかにふと疑問が浮かんだとでもいうように。その疑問に答えを出そうと考えこんでいるかのように。同じ学年の生徒はもうみんな校舎に戻ってしまった。四人を静寂の壁が包囲しているのがわかる。さすがのアントンとサリーも、このときばかりは軽口はたたかなかった。もう行かなくてはならない。すぐにでも校舎に入らなくてはならない。

なのに、だれも動こうとしなかった。

ハリーが片手を持ち上げ、コナーの顔を殴ろうとするみたいにこぶしを握った。

コナーはそれでもひるまなかった。身じろぎ一つしなかった。ただハリーの目をまっすぐに見ていた。パンチが飛んでくるのを待った。

だが、パンチは飛んでこなかった。

ハリーはコナーを見すえたまま、ゆっくりと手を下ろした。「やっぱりそうか」長い沈黙があって、ようやく静かにそう言った。ついに答えがわかったというように。「そうだろうと思った」

と、そのとき、厳めしい大音声がとどろいた。

「そこのあなたたち！」クワン先生が校庭をずんずん歩いてくる。まるで二本足で歩く恐怖といった風情だった。「休み時間はもう三分も前に終わりましたよ！　いつまでもぐずぐずぐずぐず、いったい何をやってるの」

「すみません、クワン先生」ハリーが言う。人が変わったように朗らかな声だった。「マール先生のライフライティングって宿題の話をコナーとしてたんです。それで休み時間が終わったことに気がつかなくて」まるで生まれたときからの親友みたいにコナーの肩を気安く叩く。「コナーほどいろんな物語に詳しいやつはいないし」そう言って、クワン先生に重々しくうなずいてみせた。「それに、物語の話をしてれば、コナーもいろんなことを忘れられるだろうから」

「なるほど」クワン先生は険しい顔つきで言った。「そうね、きっとそういうことなんでしょう。四人全員、罰点一です。このあともまた何か規則違反をしたら、次は居残りだと思いなさい」

「はい、先生」ハリーが明るい声で答え、アントンとサリーも、もごもご似たようなことをつぶやいた。四人は教室に向かって歩きだした。コナーはほかの三人の一メートルほどうしろからついていこうとした。

「ちょっと待ちなさい、コナー」クワン先生が呼び止めた。

コナーは立ち止まって振り返ったが、先生の顔は見なかった。

「あの三人と何かあるなら、話してごらんなさい」クワン先生は口調を〝思いやりモード〟に切り替えてそう訊いた。とはいえ、いつもの居丈高《いたけだか》などなり声より、ほんの少しだけこわさが減った程度だった。

「いえ、とくに」コナーは先生の顔を見ないまま答えた。

「先生にはね、何も見えてないわけじゃないのよ。ハリーのやり口はわかってるつもり。カリスマ性があろうが、成績がトップだろうが、いじめっ子はいじめっ子」先生は悩ましげにため息をついた。「ああいう子が将来、首相になったりするんでしょうね。あなおそろしや」

コナーは黙っていた。クワン先生が体を前かがみにし、両肩を落として、コナーのほうに顔を近づけた。沈黙はただの沈黙ではなくなった。コナーはその種の沈黙にはもう慣れていた。

次の展開は予想がつく。コナーがいやでたまらない展開が待っているはずだ。

「どんなにかつらいでしょうね。わたしには想像もできないわ、コナー」クワン先生は言った。ささやくような静かな声だった。「でも、だれかに聞いてもらいたくなったら、いつでも話しに来てちょうだい」

先生の顔を見ることができない。そこに浮かんでいるであろう気遣いを目にしたくない。声に含まれる優しさに耐えられない。

(だって、優しくしてもらう資格なんかないから。)

(いつもの悪夢が頭のなかにぱっと浮かぶ。悲鳴、恐怖。それに、夢の終わりに起きること――)

「ぼくなら平気です、先生」コナーは自分の靴にじっと目を落としたままぼそりと答えた。「つらいことなんか何もないし」

一拍おいて、クワン先生はまたため息をついた。「そう、わかったわ。じゃ、さっきの罰点一は忘れて、教室に戻りなさい」クワン先生はコナーの肩を軽くぽんと叩いたあと、校庭をまた横切って校舎のほうに戻っていった。

わずかな時間、コナーは校庭に一人きりになった。

そのとき、思った。このまま一日ここにこうしていたとしても、だれにもしかられないだろう。

そう考えたら、なぜかいっそう憂鬱な気分になった。

入院

学校から帰ると、おばあちゃんがソファで待ちかまえていた。

「ちょっと話をしておきたくてね」コナーが玄関のドアを閉めるか閉めないかのうちに、おばあちゃんはさっそく切り出した。おばあちゃんの顔に浮かんでいる表情に気づいたとたん、コナーは思わず動きを止めた。胃袋が身をすくめるのがわかった。

「何かあったの？」コナーはたずねた。

おばあちゃんはふうっと大きな音を立てて鼻から息を吐き出したあと、気を落ち着けようとしているかのように、通りに面した窓の向こうを凝視した。猛禽《もうきん》みたいな目をしている。ヒツジだって軽々とつかみ上げられそうなタカ。

「あんたのママは、また入院することになった」おばあちゃんが言った。「だからしばらく、あたしのうちに泊まりなさい。急いで荷物を用意して」

コナーは動かなかった。「母さん、どうかしたの？」

おばあちゃんは一瞬だけ目を見ひらいた。コナーがそこまで愚かな質問をしたことが信じられないとでもいうふうだった。「痛みがひどいんだよ」おばあちゃんは答えた。「本当なら、そこまでひどいはずじゃないのにね」

「鎮痛剤なら持って――」コナーがそう言いかけたところで、おばあちゃんがぱんと手を打ち鳴らした。一度だけ。だが、とても大きな音で。そう、コナーをたちまち黙らせるくらい大きな音で。

「効いてない」おばあちゃんはぶっきらぼうに言った。目はコナーの顔ではなく、頭の少し上のあたりを見ているようだった。「効いてないんだ」

「何が効いてないの？」

おばあちゃんはまた何度か手を叩いた。ちゃんと音が鳴るかどうか試しているみたいに。それから視線をもう一度窓の向こうにやった。そのあいだずっと、口はぴたりと閉ざされていた。やがて立ち上がると、一心に服のしわを伸ばしはじめた。

「ママは二階にいる」おばあちゃんは言った。「話がしたいそうだよ」

「だけど――」

「パパも日曜日に来るそうだ」

思わず背筋が伸びた。「父さんが来るの？」

「ちょっと電話しなくちゃならない用事がある」おばあちゃんはそう言って携帯電話を取り出すと、コナーの脇をすり抜けて玄関から外に出ようとした。

「どうして父さんが来るわけ？」コナーはおばあちゃんの背中に向かって訊いた。

「ママが待ってるよ」おばあちゃんは外に出て、玄関のドアを閉めた。

コナーにリュックサックを下ろす暇も与えないまま。

父さんが来る。アメリカから。おととしのクリスマス以来、一度も来ていなかった父さんが。とくに赤ちゃんが生まれてからは、こちらに来ようとするたび、どういうわけかかならず新しい奥さんに緊急事態が発生して、結局は来られなくなる父さんが。来る回数が減り、電話から次の電話の間隔が長くなるにつれて、コナーは父さんがまったくいない生活に慣れてしまっていた。

その父さんが来る。

なぜ？

「コナー？」母さんの声が聞こえた。

母さんは自分の部屋にはいなかった。コナーの部屋にいた。ベッドカバーの上に横になって、窓から丘の上の教会の墓地をじっと見つめていた。

墓地と、そこに立つイチイの大木を。

いまはただの木でしかないイチイの木。

「お帰り、コナー」母さんは横になったままコナーにほほえみかけた。それでも、目のまわりのしわを見れば、母さんは本当は痛みをがまんしているのだとわかる。母さんがこれほどつらそうにしているところは、これまでに一度しか見たことがない。前回は二週間近く入院した。

今年の春、イースターのころだ。おばあちゃんの家に泊まった二週間は、おばあちゃんにとってもコナーにとっても、いっそ死んだほうがましだと思いたくなるくらい、苦々しい経験だった。

「ねえ、どういうこと？」コナーは訊いた。「どうしてまた入院するわけ？」

母さんは掛け布団をそっと叩き、こっちに来て座ってと身ぶりで伝えた。

コナーは動かなかった。「どういうことなの？」

母さんはまだほほえんでいるが、その笑みはぎこちなかった。母さんの指は、ベッドカバーに織りこまれた模様をなぞっている。コナーがもう何年も前に卒業してしまった、子供っぽいハイイログマの模様。母さんの頭には赤いバラの柄のスカーフが巻いてあったが、巻きかたがゆるくて、青白い頭皮が少しのぞいていた。おばあちゃんが持ってきた古いかつらは、きっと試すふりさえしていないのだろう。

「ちゃんとよくなるから」母さんが言った。「かならずよくなるわ」

「ぜったい？」

「前にも似たようなことはあったわよね。だから心配しないの。あのときも本当にたいへんだったけど、入院して、治療してもらったら、ちゃんとよくなったでしょう。今度だって同じ」

母さんはまたベッドカバーをぽんぽんと叩いた。「疲れて一気に老けこんじゃった母さんのそばに来てくれる気はない？」

コナーはこみあげてきた感情をのみこんだ。でも、母さんの笑顔はさっきまでより明るかったし、今度のは作り笑いではないとわかった。ベッドに近づき、窓のほうを向いて、母さんのそばに腰を下ろした。目の上に落ちかかったコナーの髪をかきあげる母さんの手は、ひどく瘦せていた。骨に皮が張りついているみたいだった。

「父さんが来るって聞いたけど、どうして？」

母さんはふと手を止め、膝の上に戻した。「会うのは久しぶりでしょ。楽しみじゃない？」コナーは訊いた。

「おばあちゃんはあんまりうれしそうじゃなかったな」

母さんは笑った。「おばあちゃんが父さんのことをどう思ってるかは知ってるでしょう。言わせておけばいいの。それより、せっかく父さんが来るんだもの、うんと甘えなさいな」

しばらく二人とも黙っていた。やがてコナーが口を開いた。「話はそれだけじゃない。ちがう？」

枕にもたれていた母さんがほんの少し体を起こすのがわかった。「こっち向いて」優しい声だ。

コナーは母さんのほうに顔を向けた。母さんの顔を見なくてすむのなら、百万ポンド払えと言われても従っただろう。

「今回受けた治療、期待したような効果が出てないんですって」母さんが言った。「でもね、ちょっと手直しをするだけですみそうよ。別の方法を試すの」

「それだけ？」

母さんがうなずく。「そう、それだけ。お医者さんにできることはまだまだたくさんあるのよ。手直しくらい、日常茶飯事。だから心配しないで」

「それ、ほんとなの？」

「ほんとよ」

「もし」コナーは言いよどんで床に目を落とした。「もしまだ何かあるんなら、話してくれても、ぼくなら平気だから」

次の瞬間、母さんの腕を感じた。細い、細い腕。むかし抱き締めてくれたときは、あれほど柔らかかった腕。母さんは黙ったままコナーを抱き締めていた。コナーはふたたび窓の向こうに目をやった。やがて母さんも窓のほうに顔を向けた。

「あれはイチイの木」長い沈黙のあと、母さんが言った。

コナーは天井を見上げた――といっても、いやみな感じにではなく。「知ってるってば。もう百回は教えてもらったよ」

「母さんが入院してるあいだ、あの木をちゃんと見張っててくれる？　母さんが帰ってくるまで、ちゃんとあそこに立ってるように」

コナーは直感した。これは母さんなりの約束だ。遠回しだが、かならず帰ってくると言っているのだ。だから、うなずくしかなかった。二人は黙って窓の向こうの大木を見つめた。

そうやってどれだけ見つめても、木は、やはり木のままだった。

おばあちゃんの家

五日。怪物は、もう五日間、一度も姿を現わしていなかった。

おばあちゃんの家を知らないからかもしれない。来るには遠すぎるだけのことかもしれない。何にせよ、おばあちゃんの家は、コナーと母さんの家の何倍も大きかったが、庭と呼べるような庭がなかった。まったくないわけではないが、物置小屋やら石で囲った池やらにほとんど占領されてしまっている。奥の半分に至っては板張りの〝オフィス〟に完全に占拠されていた。おばあちゃんは不動産業の仕事の大半をそのオフィスでこなしている。おばあちゃんの仕事は信じられないくらい退屈で、どんなことをしているのか何度説明されても、コナーが集中して聞いていられるのは、最初のセンテンスの途中までだった。庭の残った部分は、レンガ敷きの小道や鉢植えの花やらで埋めつくされている。木が立つ場所はない。だいたい、草さえ一本も生えていなかった。

「ぼうっとしてる場合じゃないだろう」おばあちゃんが裏庭に面した戸口から身を乗り出した。イヤリングをしている。「そろそろあんたのパパが来るよ。おばあちゃんは先にママに会いに行ってるからね」

「ぼうっとなんかしてない」コナーは抗議した。

「いいから、とにかくなかに入りなさい」

おばあちゃんは家のなかに消えた。コナーはのろのろとあとに続いた。今日は日曜日、父さんが来る日だ。父さんは空港から車でいったんここに寄ってコナーを拾うことになっていた。二人そろって母さんのお見舞いに行ったあと、〝親子水入らず〟の時間を過ごす。〝親子水入らず〟というのはきっと暗号で、今度は父さんから〝ちょっと話〟があるにちがいないとコナーはにらんでいる。

父さんが来るころ、おばあちゃんはもういない。そのほうが全員にとって都合がいい。

「玄関のリュックサックをかたづけて」おばあちゃんがコナーの脇を通りすぎて自分のハンドバッグを拾い上げた。「整理のよくない家にあんたを預かってると思われたら、こっちが迷惑だからね」

「そんな勘ちがい、したくたってできないと思うな」コナーはつぶやいた。おばあちゃんは玄関の鏡をのぞいて、口紅の具合を確かめている。

おばあちゃんの家は、母さんの病室よりもっと清潔だった。毎週水曜日には、おばあちゃんが頼んでいるマルタが掃除をしに来る。でも、そんな必要があるとは思えない。おばあちゃんは毎朝、起床するなり掃除機をかける。週に四度、洗濯をする。週に一度は、夜遅くベッドに入る前にお風呂を徹底的に磨きあげる。汚れたお皿がキッチンのシンクでのんびりしている時間はない。食事が終わったらまっすぐ食器洗い機に並べられる。一度など、コナーがまだ食べている途中のお皿までおばあちゃんに持っていかれたことすらあった。

「この年になって一人暮らしだからね。自分でちゃんとやるしかない。だって、ほかにだれがやってくれるんだい？」おばあちゃんは日に一度はかならずそう言った。

まるで挑戦するみたいにそう言った。コナーの返事をはなから拒絶しているみたいに。

いつも学校まで車で送ってくれた。車で四十五分もかかるのに、決まって始業時間よりずっと早く着く。学校が終わる時間には校門で待っていて、そのまままっすぐ母さんの病院に行った。母さんが話す気力もないほど疲れているときは別として――この五日間で二度、そういうことがあった――だいたい一時間くらい病室にいてから、おばあちゃんの家に帰る。帰ったらすぐ宿題だ。コナーが宿題をかたづけているあいだに、おばあちゃんはこの五日間でまだ一度も注文していない料理を探して宅配を頼む。

ある夏休み、母さんと二人でコーンウォールの小さなホテルで過ごしたときみたいだった。ただし、この家はもっとずっと清潔で、おばあちゃんは母さんよりずっと横柄だ。

「いいかい、コナー」おばあちゃんはスーツのジャケットに袖を通している。日曜だから、お客さんに物件を見せて回る仕事はないはずだ。病院に行くだけなのに、どうしてあんなにかっちりした格好をしているのだろう。父さんに場ちがいな思いをさせるための作戦なのかもしれない。

「ママがものすごく疲れてるってことに、あんたのパパは気がつかないかもしれない」おばあちゃんが続けた。「だから、へたに長居なんかしてママをよけいに疲れさせたりしないように、おばあちゃんとあんたで気をつけなくちゃならないよ」また鏡で身だしなみを確認したあと、声を低くして軽蔑したように続けた。「まあ、あんたのパパが長居して困ったことなんかないけどね」

おばあちゃんはこちらに向き直って、手を振る代わりにヒトデみたいに指を広げてみせた。

「じゃ、いい子にするんだよ」

玄関のドアががちゃりと音を立てて閉まった。おばあちゃんは行ってしまい、コナーは一人残された。

階段を上って、寝室に使っている二階のゲストルームに戻った。おばあちゃんはコナーの部屋と呼ぶが、コナーはいつもわざとゲストルームと呼ぶ。そのたびにおばあちゃんは首を振って、小声で何かぶつぶつ言った。

でも、おばあちゃんはいったい何を期待しているのだろう。ここが自分の部屋だなんて、とても思えない。だれの部屋のようにも見えない。男の子の部屋にはぜったいに見えない。壁はただの白い壁で、帆船の絵のポスターが三種類、飾ってあるだけだ。たぶん、おばあちゃんなりに、男の子はきっとこういうものが好きだろうと考えた結果なのだろう。シーツと毛布もやはり輝くばかりの純白で、ベッドのほかにあるのは、なかで昼ご飯を食べられそうなくらい大きなオーク材の戸棚だけだ。

地球上のどこの家のどの部屋ともつかない部屋。ここにいるだけでうんざりする。おばあちゃんから逃げるためだとしても、この部屋にこもっていると気がめいってしまう。いまこうして上がってきたのも、おばあちゃんの家では携帯型コンピューターゲームは禁止だから、本でも読もうかと思って取りに来ただけのことだ。荷物から本を一冊取って部屋を出ようとしたとき、何気なく裏庭に面した窓のほうに目をやった。

レンガ敷きの小道と物置小屋とオフィス。あるのはそれだけだ。

何かがこちらをじっと見つめていたりはしなかった。

おばあちゃんの家の居間《シッティングルーム》は、世間によくありがちな、だれ一人座《シット》っていたためしのない居間の一つだった。コナーは入ってはいけないと言い含められていたから――ソファの張り地に染みをつけたりしたらたいへんだ――わざとそこで本を読みながら父さんを待つことにした。

おばあちゃんのソファにどさりと腰を下ろす。ソファの木の脚は優雅に弧を描いていて、ハイヒールを履いているみたいにほっそりしている。正面にはガラス扉のついた陳列棚があって、スタンドに立てかけた皿や、たくさんの渦巻き模様がほどこしてある口をつけようものなら唇が切れてしまいそうなティーカップなどが所せましと並んでいた。マントルピースの上の壁には、おばあちゃんが宝物にしている時計、おばあちゃんのお母さんの形見だとかいう時計がかけてある。その時計にさわっていいのは、おばあちゃんだけだ。おばあちゃんは、何年も前から、テレビの骨董品《こっとうひん》鑑定番組に持ちこんで値をつけてもらうと息巻いては、周囲に引き止められていた。正真正銘の振り子がぶらぶら揺れる時計で、時を知らせる鐘も、十五分ごとに鳴った。かなり大きな音だから、そのことをすっかり忘れていると、びっくりして飛び上がるはめになる。

おばあちゃんの居間は、昔の人々がどんな暮らしをしていたかを教える博物館みたいだった。テレビさえない。この家のテレビはキッチンに置かれてはいるが、スイッチが入っていることはめったにない。

コナーは本を読んだ。ここではそれしかすることがなかった。

父さんがアメリカを出発する前に一度電話で話をしておきたいと思っていたが、病院に母さんのお見舞いに行ったり、時差があったり、新しい奥さんが絶妙のタイミングで片頭痛を起こしたりして、結局、ひとことも話せないまま、久しぶりに顔を合わせることになった。ただ、この調子では、顔を合わせるのはいつになることやら、だった。コナーは振り子時計を見上げた。十二時四十二分。あと三分で鐘が鳴る。

空っぽな、静かすぎる、三分。

ぼくはどうやら緊張しているらしいぞとコナーは思った。父さんと最後に会ったのは――スカイプのビデオ通話で顔を見るのではなくて、ちゃんと会ったのは、ずいぶん前のことだった。父さんはあれから変わっただろうか。コナーは変わっただろうか。

知りたいことはほかにもあった。父さんがこのタイミングで来るのはなぜなのか。たしかに、母さんはお世辞にも元気そうとは言えない。五日前に入院したときよりかえってやつれたようにも見えるが、新しい薬が効くのではないかという希望は捨てていなかった。それに、クリスマスは何か月も先だし、コナーの誕生日はもう過ぎた。なぜいま急に来ることになったのだろう。

コナーは床をながめた。真ん中には、目の玉が飛び出るほど高価だが、ものすごく古くさい楕円形のラグが敷いてある。手を伸ばして端っこをめくり、その下の磨き抜かれた板をのぞく。その一枚に節があった。指先でなぞってみた。板は年季が入ってなめらかだった。節とそれ以外の木目の部分をさわってみても、感触のちがいはわからなかった。

「ねえ、いるの?」コナーは小声でささやいた。

そのとき、玄関の呼び鈴が鳴って、コナーは飛び上がった。大あわてで立ち上がって居間から走り出た。こんなにわくわくするとは、自分でも意外だった。玄関を開けた。

父さんが立っていた。前に会ったときとすっかり変わっていたが、同時に、どこも変わっていなかった。

「よう、コナー」父さんの声は、アメリカの影響に屈して、あの奇妙な調子を帯びていた。

コナーは大きな笑みを浮かべた。こんなふうに笑うのは、たぶん、一年ぶりくらいだ。

父さん

「調子はどうだ、チャンプ?」ピザが運ばれてくるのを待つあいだに、父さんがそうたずねた。

「チャンプ?」コナーはいぶかしげに眉を吊り上げた。

「おっと、失礼」父さんは照れくさそうにほほえんだ。「アメリカの英語は、イギリスの英語とはだいぶちがうんだよ」

「話をするたびに、父さんの声まで変になってく気がするな」

「そうか?」父さんはワインのグラスをもてあそびながらそう言った。「まあ、とにかく、会えてうれしいよ」

コナーはコカ・コーラを一口飲んだ。父さんとお見舞いに行ったとき、母さんはいつも以上に具合が悪そうだった。おばあちゃんに抱きかかえられるようにしてトイレから戻ってくるのを、父さんといっしょに病室でじっと待っていなくてはならなかった。戻ってきた母さんは疲れきっていて、コナーには「来てくれたのね」、父さんには「久しぶりね、リアム」と声をかけるのがやっとだった。そのあとはすぐまた眠ってしまった。まもなくおばあちゃんが二人を病室から追い出した。おばあちゃんの表情を見て、さすがの父さんも素直に従った。

「母さんは、その――」父さんが言う。その目はどこか遠くをじっとにらみすえていた。「母さんは強いな」

コナーは肩をすくめた。

「で、おまえの調子はどうなんだ、コナー?」

「何度同じこと訊いたら気がすむの? 会ってからもう、八百回くらい訊いたろ、それ」

「悪い、悪い」父さんが言う。

「ぼくは元気だよ」コナーは答えた。「母さんはね、新しい薬を試してるところなんだ。それできっとよくなる。いまは具合が悪そうに見えるけど、そんなのいまに始まったことじゃないし。だからわからないんだよね。どうしてみんなそんなに――?」

コナーは途中で口をつぐみ、コカ・コーラをもう一口飲んだ。

「おまえの言うとおりだ」父さんが言う。「おまえの言うとおりだよ」一つ円を描くようにワイングラスをテーブルの上ですべらせる。「ただ、おまえも母さんのためにがんばらなくちゃいけないぞ、コナー。本当に、ものすごく、強くならなくちゃいけない」

「アメリカのドラマのせりふみたい」

父さんは声を立てず、肩を上下させるだけで笑った。「ところで、おまえの妹も元気だよ。もうそろそろ歩きだしそうだ」

「半分だけ血がつながった妹、だよね」コナーは指摘した。

「早く会わせたいな。おまえがアメリカに来る計画を立てようか。早ければ、今年のクリスマス。どうだ、来るだろう？」

コナーは父さんの目を見つめた。「母さんも行くの？」

「じつはもうおばあちゃんと相談したんだ。それも悪くないと思ってるみたいだったよ。新学期に間に合うように帰ってこられれば」

コナーはテーブルのへりに沿って片手をすべらせた。「遊びに行くだけってことか」

「え、どういう意味だ？」父さんが驚いたように訊き返す。「ほかに……」その先は続かなかった。父さんにもコナーが言わんとすることがぴんときたのだ。「なあ、コナー――」

ふいに、その先を言わせたくなくなった。「木が来るんだよね」コカ・コーラの瓶のラベルの端をはがしながら、コナーは淡々と言った。「夜になると木がうちに来て、物語をするんだ」

父さんは困惑したようにまばたきを繰り返した。「何だって？」

「ぼくもさ、最初は夢だと思ったよ」コナーは親指の爪でラベルを引っかきながら続けた。「でも、目が覚めると、床に木の葉がたくさん落ちてたり、床板からちっちゃな木が生えてたりするんだ。で、そういうのを見つけるたびに、だれにも見られないように隠してるわけ」

「コナー――」

「だけど、おばあちゃんのうちにはまだ一度も来てない。きっと遠いから――」

「いったい何の――」

「遠いから来ないのかなって思ったけど、夢だったら、距離なんて関係ない。そうだろ？　夢だったら、町の反対側までだって歩いてこられるはずだ。でも、大地と同じくらい年を取ってて、世界と同じくらい大きいなら――」

「コナー、やめてくれないか――」

「おばあちゃんと暮らすなんて、ぜったいにいやだからね」自分でもびっくりするくらい大きな声が出た。それに、胸にこみあげてきたものでのどが詰まりかけているみたいに、しゃがれていた。コナーは、コカ・コーラの瓶のラベルから目をそらそうとしなかった。水気を吸ったラベルを親指の先で引っかく。「父さんといっしょに暮らすんじゃだめ？　どうしてアメリカに行っちゃだめなの？」

父さんは唇を湿らせた。「おまえが言ってるのは、その、母さんが――」

「おばあちゃんのうちは、年寄りの家だ」

父さんはまた小さく笑った。「忘れずにおばあちゃんに伝えておこう。おまえがおばあちゃんのことを年寄り呼ばわりしてたって」

「家のなかのものにはさわっちゃいけないし、どこにも座っちゃいけない。何か置き忘れたりしたら、二秒後にはしかられる。それにパソコンは庭のオフィスにしかなくて、オフィスには入っちゃいけないって言われてる」

「その件については父さんからおばあちゃんに頼んでおくよ。改善の余地はたっぷりあると思う。おまえが窮屈《きゅうくつ》に思わずにすむように、相談しておく」

「窮屈じゃなくたって、あそこには住みたくないんだってば！」コナーは叫ぶように言った。

「自分の家と自分の部屋がほしいんだよ！」

「仮にアメリカに来たとしても、自分の部屋は手に入らない。うちは三人でもういっぱいいっぱいの広さなんだ、コナー。おばあちゃんのほうがお金をたくさん持ってるし、家だってずっと広い。それに、おまえはこっちの学校に通ってる。友達もみんなこっちにいる。おまえの生活基盤はここにあるということだ。それをまるごと捨ててゼロからやり直せと言うのは、理不尽にすぎると思う」

「理不尽って、だれに対して？」コナーは訊き返した。

父さんはため息をついた。「父さんが言いたいのは――さっき、強くならなくちゃいけないって話したとき、父さんが言いたかったのは、そのことだ」

「言うことはみんな同じだね。そう言っておけばすむだろうって感じ？」

「父さんも残念に思ってる。おまえが理不尽に感じるのもわかるし、こんなことにならずにすんでたらどんなに――」

「本気でそう思ってる？」

「もちろんだよ」父さんはテーブルに身を乗り出した。「だけどな、いまの状態が最善なんだ。おまえにもいつかわかるはずだよ」

コナーはごくりとのどを鳴らした。あいかわらず父さんの目は見ないようにしていた。またごくりとのどを鳴らす。「この話、母さんがよくなってからまたしていい？」

父さんはまた背もたれに寄りかかった。ゆっくりと。「もちろんだよ、相棒《バディ》。そのときまた、あらためてよく話し合おう」

「バディ?」

父さんは口の端をちょっと持ち上げた。「おっと、失礼」そう言ってワイングラスを持ち上げると、時間をかけて残りのワインを飲み干した。グラスを置いて軽く息を吸いこんでから、物問いたげな視線をコナーに向けた。「なあ、さっきの木の話だが。いったい何のことだ?」

そこへちょうどウェイトレスがやってきた。ピザの皿がテーブルに並べられるあいだ、どちらも口をきかなかった。「これ、アメリカーノって種類だったよね」コナーは眉を寄せて自分のピザを見つめた。「もししゃべれたら、このピザも父さんそっくりに話すのかな」

時計

「おばあちゃんはまだ帰ってないようだな」レンタカーをおばあちゃんの家の前に停めて、父さんが言った。

「ぼくが寝たあと、また病院に行ってることもあるんだ。おばあちゃんが椅子で寝てても、看護師さんたちは何も言わないし」

父さんはうなずいた。「おばあちゃんは父さんがきらいらしい。だからといって、おばあちゃんが悪い人だということにはならない」

コナーはウィンドウ越しにおばあちゃんの家を見上げた。「父さんはいつまでいられるの?」

いままでは答えを聞くのがこわくて確かめられずにいた。

父さんはふうっと長く息を吐き出した。悪いニュースを伝えようとする人がよくやるように。

「二、三日だ。できればもっと長くいたいところなんだが」

コナーは父さんのほうを振り返った。「それだけ?」

「アメリカ人はあまり休暇を取れないんだよ」

「父さんはアメリカ人じゃない」

「でも、いまはアメリカに住んでる」父さんはちょっと意地悪な笑みを作った。「夜じゅうずっと、父さんのアクセントをからかってたくせに」

「だったら、どうして来たわけ？」コナーは訊いた。「そんなにちょっとしかいられないのに、どうしてわざわざ来たんだよ？」

答えが返ってくるまでに、一瞬の間があった。「母さんから頼まれたからだ」父さんはまだ何か言おうとしているように見えたが、そこで黙りこんだ。

コナーも黙っていた。

「でも、また来るよ」やがて父さんが続けた。「必要なときは、いつでも来る」父さんの声はふいに明るくなった。「それに、クリスマスにはおまえがアメリカに遊びに来る！　きっと楽しいだろうな」

「ぼくの居場所のない、せまい家にね」コナーは言った。

「コナー——」

「で、新学期が始まるまでにはイギリスに帰る」

「コナ——」

「どうして来たんだよ？」コナーはつぶやくようにまたたずねた。

父さんは答えなかった。沈黙が車のなかに広がっていく。まるで、大きな谷をはさんで向こうとこちらにいるみたいな気がした。やがて父さんがコナーの肩に手を置こうとしたが、コナーはその手から逃れるようにして車のドアを開けた。

「コナー、待ちなさい」

コナーは動きを止めたが、父さんのほうには向き直らなかった。

「おばあちゃんが帰るまで、父さんもいっしょに待っていようか？」父さんが訊いた。「一人じゃ心細いだろう」

「一人で平気だから」コナーはそう答えると、車から降りた。


家のなかはしんと静かだった。静かでないわけがない。

だれもいないのだから。

昼間と同じ、高価なソファに座った。コナーの体重を受け止めた脚が、悲鳴みたいな音を鳴らした。痛快な音だった。いったん立ち上がって座り直した。次は飛び乗るように座ってみた。木の脚がうめき声をあげながら、床の上を何センチかすべった。まったく同じ形と長さの傷が四つ、床板に残った。

コナーはにやりとした。いい気味だ。

また立ち上がって、今度は蹴飛ばしてみた。ソファはさらに何センチか動いた。自分が肩で息をしていることに、コナーはまったく気づいていなかった。頭も、風邪を引いたときみたいに熱くなっていた。片足を持ち上げ、ソファをまたしても蹴りつける。

そこでふと顔を上げ、時計を見た。

マントルピースの上の壁にかけられた、おばあちゃんが大事にしている時計。振り子が規則正しく往復している。命を持った生き物みたいだ。右、左、右、左。コナーのことなど眼中にないといったふうだった。

こぶしを握り締めて、ゆっくりと時計に近づいた。そろそろ九時。鐘がぼーん、ぼーんと九つ鳴るころだ。コナーはすべるように回る秒針を目で追い、数字の12に重なるのを待った。いざ鐘が鳴りかけた瞬間、頂点に達して逆の方向へ戻ろうとした振り子を手でつかんだ。

〝ぼーん〟と鳴ろうとしたところで〝ぼ〟で黙らされたことに、時計のなかの機械が小声で文句を言っているのがわかる。コナーは空いているほうの手で、分針と秒針を12から先に進めようとした。抵抗する針を強引に押していると、がちっと大きな音がした。いいことが起こりそうな種類の音ではなかった。分針と秒針は、それまで裏でその二つを支えていた何かから唐突に解放されていた。コナーは二本の針をぐるっと回した。9の位置からは時針もいっしょに回した。ぼーんと気持ちよく鳴りそこねたことに対する不平不満と、かたかたというどこか痛々しい音が、木のケースの奥のほうから聞こえた。

額に汗が浮かんだ。胸のあたりが熱を持ちはじめているのがわかる。

(——ちょうど悪夢を見ているさなかのようだった。熱のせいで視界がぐにゃりとゆがみ、世界が軸を失ってかたむいていく。ただし、この世界を支配しているのはコナーだった。コナーこそが悪夢だった——)

三本のうち、一番細い秒針が折れて、文字盤からぽろりと落ちた。ラグの上で一度はずんだあと、暖炉にたまった灰のなかに飛びこんだ。

コナーは振り子から手を放すと、すばやく時計から離れた。振り子はまっすぐ下で止まったきり、動こうとしない。いつもなら聞こえる時計の作動音――ひゅーんという低い音も、かちり、かちりという音も止まり、針も凍りついていた。

まずい。

たいへんなことをしてしまった――コナーの胃が縮こまった。

どうしよう。

ああ、どうしよう。

時計を壊してしまった。

母さんのおんぼろの車よりも高い値がつくような時計を壊してしまった。

おばあちゃんに殺される。文字どおり、本当に、殺される――

そう思ったとき、気づいた。

時針と分針は、あの時刻を指していた。

十二時七分。

破壊行為というのはたいがいそうだが――背後から怪物の声が聞こえた。ずいぶんとまたつまらんことをしたものだな。

コナーは勢いよく振り返った。なぜか、どうしたわけか、怪物はおばあちゃんの家の居間にいた。もちろん、ふつうにおさまるには体が大きすぎる。怪物は天井につっかえないよう、低く、ぎりぎりまで低く腰をかがめ、全身の枝や葉をぎゅうぎゅうとねじっていたが、それでもやはり居間のすみからすみまで埋めつくしていた。
　いかにも子供のやりそうなことだな。怪物の息が風のようにコナーの髪をなびかせる。
「ここで何してるんだよ？」コナーは訊いた。ふいに希望が胸にあふれた。「そうか、ぼくは寝てるってことだね。これは夢なんだ。そうだね？　あのときと同じってこと？　外から部屋の窓を壊されたはずなのに、目を覚ましたら――」
　第二の物語をしに来た。怪物が言った。

コナーはがっかりした声を漏らし、壊れた時計のほうを見やった。「このあいだのみたいな、つまんない話？」なかば上の空でそうたずねた。

今度のは徹底的な破壊行為で終わるぞ。おまえが望んでいるのがそういう物語なら。

コナーは怪物に向き直った。怪物の表情はさっきとは変わっていた——意地の悪い笑みを作っていた。

「今度もまたずるい話？　こういうふうに終わるんだなって思わせておいて、全然ちがう結末になるみたいな？」

いや。怪物が答える。自分のことしか考えなかった男の話だ。怪物はまたも笑みを、さっきよりなおいっそう意地の悪い笑みを作った。そのせいで最後に手ひどいしっぺ返しを食らう男の話だ。

コナーは少しのあいだ黙っていた。壊れた時計のこと、床についた傷のことを考えた。怪物の体から、おばあちゃんの居間のぴかぴかに磨き上げられた床にぽとりぽとりと落ちている毒のある実のことを考えた。

父さんのことも考えた。

「わかった。聞くよ」コナーは言った。

第二の物語

いまから百五十年前――と怪物は語りはじめた――この国は工業の盛んな土地になった。工場が雑草のような勢いで増えていった。木々は伐採され、野原は掘り返され、川の水はどす黒く変わった。空は煙と灰を吸って苦しんでいた。人々も同じだ。毎日、咳きこんだり、体をかきむしったりしていた。だれもが下を向いて暮らしていた。村は大きくなって町になり、町はやがて都会になった。人々は自然とともに暮らすのではなく、自然を踏みつけて暮らしていた。

しかし、探しようによっては、緑はまだまだ残されていた。

（怪物はここでまた両手を広げた。おばあちゃんの居間に霧が渦を巻いて広がった。やがて霧が晴れると、コナーと怪物は、金属とレンガに埋めつくされた谷を見下ろす緑の野原に立っていた。）

(「ああ、やっぱりこれは夢だったんだな」コナーは言った。)
(静かに。怪物が言った。ほら、来たぞ。見ると、黒ずくめの服を着て、眉間に深い深いしわを寄せた、陰鬱《いんうつ》な雰囲気の男が一人こちらに向かって歩いていた。)

この緑の野原と町の境に一人の男が住んでいた。名前は重要ではない。だれも名前では呼ばなかったからだ。村人たちはその男を、アポセカリーと呼んでいた。

(「え、何？」コナーは訊き返した。)
(アポセカリー。)
(「何それ？」)

アポセカリーとはいまで言う薬剤師だが、その当時ですらすでに時代遅れな呼びかただった。

(「ふうん」コナーは言った。「最初からそう説明してくれれば話が早いのに」)

しかし、その男にはぴったりの呼び名だった。アポセカリーたちは、遠い遠い時代から、医薬品を扱っていたからだ。薬草や樹皮を選んだり、木の実や葉を煎じたりしていた。

（「父さんの奥さんと同じだ」コナーは男が木の根を掘っているのをながめながら言った。「奥さんは水晶なんかを売るお店をやってる」）

（怪物が眉をひそめた。それとこれとはまったくの別物だ。）

アポセカリーは、毎日のように村の近くの森や野原を歩き回っては薬草や木の葉を集めた。しかし月日が過ぎるにつれ、アポセカリーが歩く距離はどんどん延びていった。工場や道が、ちょうどアポセカリーがその治療を得意としていた発疹《ほっしん》のように、無軌道に広がっていったからだ。以前なら朝食前にパクスフォイルやベラローザを集められたのに、そのころには、一日がかりの仕事になっていた。

世界は変わり、アポセカリーは気難しくなった。というより、いっそう気難しくなったと言うべきだろう。もともと気持ちよくつきあえる人物ではなかったからね。欲深くて、かならず治療費をふっかけた。とても支払えないような額を請求することもめずらしくなかった。それでも、本人は村人から敬意をもって扱われてしかるべきだと信じていた。それもあって、村人たちから自分がどんなにうとまれているかを知ったときは、心底驚いた。アポセカリーは他人を大事にしなかったから、他人もアポセカリーを大事にしなかった。患者たちは一人、また一人と、現代的な治療法を行なう現代的な治療師に頼るようになっていった。おかげで、言うまでもなく、アポセカリーはいっそう気難しくなった。

（ふたたび霧が周囲を包みこんで景色を変えた。今度二人が立っているのは、小さな丘のてっぺんの芝生の上だった。丘の片側に人々の姿がある。新しい墓石が集まった真ん中に、イチイの大木が立っていた。）

アポセカリーの村には司祭がいて――

（「あれ？　ここ、うちの裏の丘？」コナーは怪物の話をさえぎった。あたりを見まわしたが、線路はない。住宅も建ち並んでいなかった。あるのは、人が通れるだけの幅の道が何本かと、よどんだ川だけだった。）

その司祭には娘が二人いた。司祭にとっては娘たちこそ生き甲斐だった。

（少女が二人、甲高い声ではしゃぎながら、司祭館から飛び出してきた。くすくす笑ったり、声を立てて笑ったり、芝をちぎって相手に投げつけたりしている。二人はイチイの木の周囲を駆け回りながら、かくれんぼのようなことを始めた。）

（「あれってもしかして――？」コナーは木を指さした。その木はただの木だった。）

さよう、そのころ、司祭館の敷地では、イチイの木も育っていた。

（とても美しいイチイの木だった。怪物は言った。）

（「そういうこと、ふつう自分で言うかな」コナーは応じた。）

アポセカリーはそのイチイの木をのどから手が出るほどほしがっていた。

（「アポセカリーが？」コナーは訊いた。「どうして？」）

（怪物は驚いたような表情をした。イチイは、薬効を持つ樹木のなかでもっとも重要なのだ。

寿命は数千年に達する。実、樹皮、葉、樹液、髄《ずい》、木質部、すべてに生命が満ちあふれている。有能なアポセカリーが調合し、治療を施せば、人がわずらう病のほとんどを治すことができるのだよ。)

(コナーは額にしわを寄せた。「それ、作り話だよね」)

(怪物の顔が嵐の様相を帯びた。わたしの言うことを疑うのか、え?)

(「いや、そういうわけじゃ」怪物の怒りにたじろいで、コナーはあとずさりした。「ただ、そんな話、初めて聞いたから」)

(怪物はしばらく怒ったように顔をゆがめたままでいたが、やがて思い直したように物語を先へ進めた。)

薬効のある部位をすべて手に入れるには、木を切り倒さなければならない。司祭はそれを承諾しなかった。イチイの木は、はるか昔からその敷地に立っていて、教会が建設されたときも大事に保存された。墓地はすでに使われはじめていたし、教会に新しい建物を造る計画も進められていた。イチイは教会を大雨や厳しい気候から守ってくれるだろう。アポセカリーはしじゅう教会を訪れては木を切らせてくれと頼んだが、司祭はアポセカリーが木のそばに近づくことさえ許さずにいた。

ところで、この司祭は進んだ思想の持ち主で、しかも思いやりにあふれた人物だった。教区民のために何をすべきかをつねに考え、迷信や魔術が幅をきかせていた暗黒の時代からみなを救い出そうと努めていた。説教でも、アポセカリーの治療法は時代遅れだと指摘した。アポセカリーの人柄や強欲さをきらっていた教区民は、司祭の説教に熱心にうなずいた。アポセカリーの患者はいっそう減ることになった。

ある日、司祭の娘たちが病に倒れた。最初に一人が、続いてもう一人も。そのころ田園地帯に蔓延《まんえん》していた伝染病にかかったのだ。

（空が暗くなった。司祭館から娘たちの咳が聞こえている。神に祈りを捧げる司祭の大きな声や、司祭の妻がすすり泣く声も聞こえた。）

司祭はあらゆる手を尽くしたが、娘たちは回復しなかった。祈りも、二つ向こうの町から呼んだ医師の現代的な治療も、教区民がこっそり差し入れた薬草も、何一つ役に立たなかった。衰弱しきった娘たちは死の瀬戸際にいた。ついに、アポセカリーに頼る以外の手だてはなくなった。司祭は恥を忍んでアポセカリーのもとを訪れ、許しを請うた。

「どうか娘たちを助けてくれ」司祭はアポセカリーの家の玄関前でひざまずいて懇願した。「わたしのためでなく、何の罪もない二人の娘たちのために」

「なぜわたしがあなたの頼みを聞かなくてはならないのです？」アポセカリーは訊いた。「あなたはあんな説教を繰り返して、わたしを廃業寸前まで追いこんだ。何より薬効のあるイチイの木を切るのも拒んだ。あなたのせいで村の人々はみなわたしを毛ぎらいしている」

「イチイの木は差し上げる」司祭は言った。「これからは説教でもあなたを褒め称えよう。教区のだれかが病気になったら、あなたの治療を受けるよう助言する。娘たちを助けてくれたら、あなたの望みはすべてかなえてさしあげよう」

アポセカリーは驚いた。「信念をすべて捨てるというのか」

「それで娘たちの命が助かるなら」司祭は言った。「そのとおり、すべてを捨てる覚悟がある」

「そうか、そういうことなら」アポセカリーは司祭の鼻先にドアを叩きつけるようにして閉めた。「わたしはお役に立てないな」

(「え?」コナーはつぶやいた。)

その夜、司祭の娘たちは二人とも死んだ。

(「え?」コナーはまたつぶやいた。悪夢の手に内臓をわしづかみにされた気がした。)

その夜、わたしは歩く決意をした。

(「やったね、そうこなくちゃ!」コナーは叫んだ。「そんないやなやつ、めちゃくちゃに懲《こ》らしめてやればいい」)

(わたしもそのとおりのことを考えた。怪物は言った。)

真夜中を少し過ぎたころ、わたしは司祭館を根こそぎ破壊した。

第二の物語の続き

コナーはびくりとして振り返った。「え？　司祭館を？」

さよう。司祭館の屋根を谷に投げ落とし、壁という壁をこぶしで打ち壊した。

司祭館はまだ目の前に建っている。そのかたわらでイチイの木が目を覚まして怪物に姿を変えたかと思うと、司祭館に襲いかかった。屋根にこぶしを振り下ろす。玄関が勢いよく開いて、おびえきった司祭と妻が逃げ出した。再現のなかの怪物がそのうしろから屋根を投げつける。

二人はかろうじてつぶされずにすんだ。

「おい、何してるんだよ」コナーは言った。「悪玉はアポなんとかだろ！」

そうかね？　コナーの背後から現実の怪物が訊く。

大きな音がして、再現の怪物が司祭館の正面の壁を打ち砕いた。

「決まってるじゃないか！」コナーは叫んだ。「だって、司祭の娘たちの治療を断わったんだろ！　娘たちは死んじゃったんだろ！」

司祭はアポセカリーの力を信じるのを拒んだ。心配ごとがなかったとき、司祭はアポセカリーを破滅に追いやった。ところが自分が追いつめられたとたん、娘たちを救いたい一心で、それまで信じていたことをすべて捨て去ろうとした。

「だから何さ?」コナーは言った。「だれだってそうするよ! だれだって! 司祭がどうしてたら、納得するわけ?」

アポセカリーが最初に頼んだとき、すぐにイチイの木を与えていれば、だ。

それを聞いて、コナーは黙りこんだ。大きな音がして、司祭館の壁がまた一つ倒れた。「自分が死ぬことになっても?」

わたしは一本の木ではない。怪物が言った。だが、そうだな、イチイの木が切り倒されるのをわたしなら許しただろう。それで司祭の娘たちは死なずにすんだはずだ。ほかの大勢の人々の命も救われただろう。

「でも、木は死んじゃうし、アポなんとかが金持ちになるだけじゃないか!」コナーは叫ぶように言った。「悪人なのに!」

たしかに、アポセカリーは強欲で、横柄で、気難しい人間だった。それでも、人を癒やす力を持っていた。一方の司祭はどうだ? 何ほどの者でもなかった。いいかね、信じれば、それだけでもう半分治ったも同然なのだよ。治療を信じる心、未来の存在を信じる気持ち。大事なのはそれだ。ところが、信じることを職業にしている人物が、一つ試練に見舞われたくらいのことで、信念をあっさり捨てた。信じることが何よりも必要だった時に。その人物の信念は、身勝手で臆病なものだった。それが娘たちの命を奪ったのだ。

コナーの怒りが爆発しかけた。「今度の物語にはごまかしなんかないって言ったろ?」

身勝手さゆえに懲らしめられた男の話だと言った。これはそのとおりの話だ。

怒りのおさまらないまま、コナーは司祭館を破壊しているもう一人の怪物をもう一度見やった。巨大で凶暴な脚は、一蹴りで階段を壊した。巨大で凶暴な腕が振り上げられ、振り下ろされて、寝室の壁を打ち払った。

どうだ、コナー・オマリー。背後の怪物が訊く。いっしょに暴れてみるかね？

「え？」コナーは驚いて訊き返した。

すっきりするぞ。経験者が言うのだからまちがいない。

怪物は前に出て、もう一人の自分といっしょになって暴れはじめた。コナーのおばあちゃんのソファに似ていなくもないソファを、巨大な足で踏みつぶす。怪物はそこで振り返り、コナーを見た。

さあ、次は何を壊す？　怪物はそうたずねると、第二の怪物に近づいた。視界が激しく揺れてぼやけたかと思うと、二人は合体して、一段と大きな怪物に変身した。

命令はまだか？　怪物がうながす。

コナーの呼吸はまたしても速くなっていた。心臓がどきどきして、頭もさっきと同じようにかっと熱くなっている。長いことそのまま迷っていた。

それからささやくように言った。「暖炉を壊せ」

怪物のこぶしがたちまち飛んでいき、石造りの暖炉を基礎から破壊した。レンガの煙突が大きな音を立ててその上に倒れた。

コナーの息遣いはさらに速くなった。コナー自身が暴れているかのようだった。

「ベッドを放り捨てろ」

怪物は屋根をなくした二部屋の寝室からベッドを拾い上げると、はるか遠くへと放り投げた。地平線まで届いたかと思うころ、地面に叩きつけられる音が聞こえた。

「家具をみんな踏みつぶせ！」コナーは叫んだ。「一つ残らず！」

怪物は家のなかを歩き回り、家具を端から踏みつぶしていった。ぐしゃり、ぐしゃりと小気味よい音が聞こえた。

「家ごと叩き壊しちゃえ！」コナーはどなった。怪物はうなり声でそれに応えると、残っていた壁を殴りつけて地面に倒した。コナーは走っていって手伝った。落ちた枝を拾い、まだ割れていない窓ガラスを突いて回った。

そうしながら、叫んでいた。その声はあまりにも大きくて、自分の思考さえほとんど聞き取れないくらいだった。ただただ夢中で破壊しつづけた。何も考えずに壊し、壊し、壊した。怪

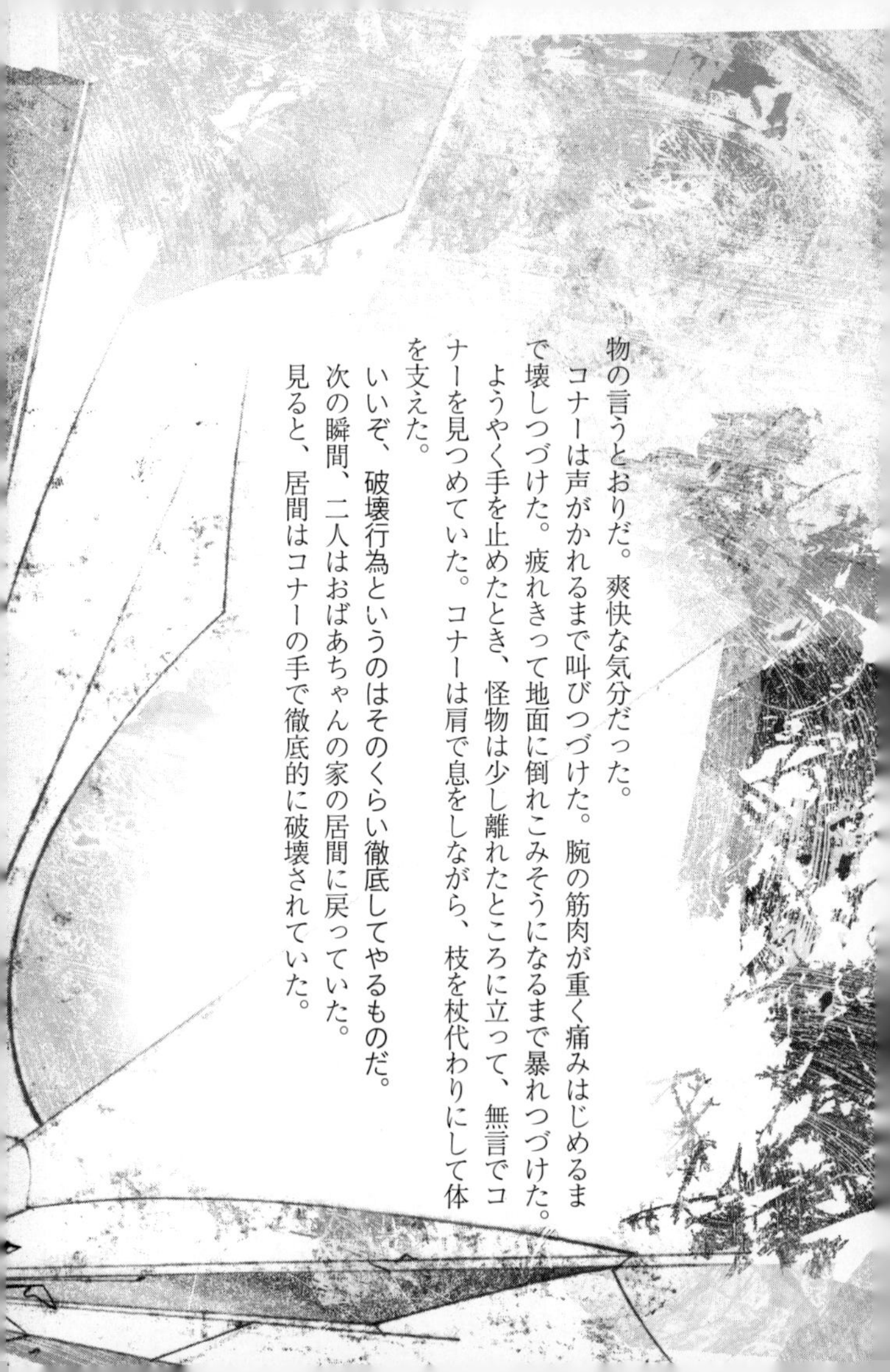

物の言うとおりだ。爽快な気分だった。

コナーは声がかれるまで叫びつづけた。腕の筋肉が重く痛みはじめるまで壊しつづけた。疲れきって地面に倒れこみそうになるまで暴れつづけた。ようやく手を止めたとき、怪物は少し離れたところに立って、無言でコナーを見つめていた。コナーは肩で息をしながら、枝を杖代わりにして体を支えた。

いいぞ、破壊行為というのはそのくらい徹底してやるものだ。

次の瞬間、二人はおばあちゃんの家の居間に戻っていた。

見ると、居間はコナーの手で徹底的に破壊されていた。

絶叫

ソファはばらばらに崩壊して、跡形もなくなっている。木の脚は四本とも折れ、張り地は切り裂かれ、引っ張り出された詰め物が床のあちこちに散乱していた。時計の残骸は壁からすっ飛び、元が時計だったとは思えない姿形になっていた。ソファの両側にあった小さなテーブルやランプ、表通

りに面した窓の下の本棚、そこに並んでいた本も、何もかもがめちゃくちゃだった。壁紙まではがされ、引き裂かれて、ずたずたになっていた。自力で立っているものは、陳列棚しかない。とはいえ、扉のガラスは粉々で、なかに飾ってあったものは残らず床の上に散らばっていた。

コナーは茫然と立ちつくした。両手を見下ろすと、切り傷だらけ、血だらけになっていた。爪は割れて、ぼろぼろだ。よほど激しく力をふるったせいだろう、筋肉痛に似た鈍い感覚があった。

「どうしよう」コナーはかすれた声でつぶやいた。

怪物のほうを振り返った。

が、怪物は消えていた。

「いったい何したんだよ？」ふいにぽっかりと空いた静寂に向かって、コナーは叫んだ。床は無残ながらくたでいっぱいで、足の踏み場もない。

これだけのことをコナー一人でやったとはとても思えなかった。

そんなはずがない。

（……本当に？）

「どうしよう」コナーはまたつぶやいた。「どうしよう」

物を壊すのは楽しいな——どこからかそう言う声が聞こえたが、まるでそよ風に運ばれてきたような声、気のせいかと思いたくなるような声だった。

そしてちょうどそのとき、おばあちゃんの車が家の前に停まる音が聞こえた。

どこにも逃げられない。このまま一人でどこかへ——おばあちゃんにぜったいに見つからないどこかへ行ってしまおうにも、勝手口まで突っ走る時間もなかった。

でも——こんなことをしでかしたと知ったら、父さんでさえコナーを引き取ろうとはしないだろう。こんなことをするような子供を、赤ちゃんのいる家に住まわせるわけには——

「どうしよう」コナーは繰り返した。心臓は胸から飛び出しそうな勢いで激しく打っている。

鍵が鍵穴に差しこまれ、玄関扉が開く音がした。

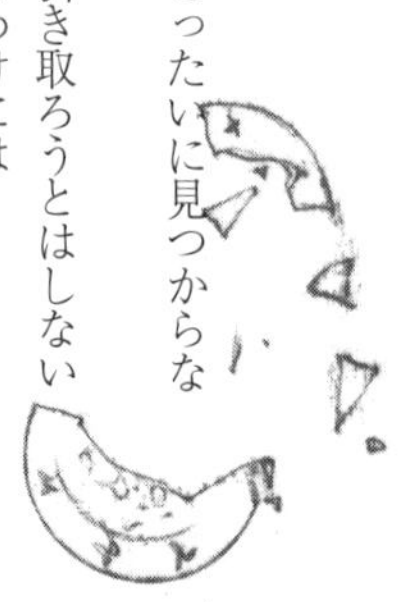

おばあちゃんがハンドバッグをごそごそしながら角を曲がって居間の戸口に立った瞬間、それでもまだコナーがそこにいることや居間の有り様に気づく前に、コナーはおばあちゃんの顔を見た。そこには疲労だけがあった。うれしいニュースも悪いニュースもない。遅くまで母さんに付き添って過ごした夜、母さんとおばあちゃんの二人ともを痛々しいまでに痩せ細らせる夜が、また一つ終わっただけのことだ。

次の瞬間、おばあちゃんが顔を上げた。

「これはいった——?」コナーの前だからだろう、おばあちゃんが汚い言葉を吐き出しかけて、反射的に口をつぐんだのがわかった。それから、おばあちゃんはその場に凍りついた。ハンドバッグも、中途半端な高さで凍りついている。動いているのは、おばあちゃんの目だけだった。その目は、破壊のかぎりを尽くされた居間を、信じられないといったふうにながめまわしていたが、それを現実として受け入れるのを頑として拒んでいるように見えた。おばあちゃんが息をしているとしても、その息遣いさえ、コナーの耳には聞こえなかった。

やがておばあちゃんの顔がこちらに向いた。あんぐりと開いた口。目も真ん丸に見ひらかれていた。その目は、破壊の現場の真ん中に立ちつくしているコナーを見た。罪を認めているような血だらけの両手を見た。

おばあちゃんの口がぴしゃりと閉じた。でも、ふだんのような厳めしい形は作らなかった。唇は小刻みに震えている。涙をこらえているみたいに。顔のほかの部分がばらばらに崩れ落ちてしまいそうなのを力づくで引き止めているみたいに。

それから、おばあちゃんはうめいた。胸の底の底から。口を閉じたまま。

痛ましい声だった。コナーは両手で耳をふさぎたい衝動を必死でおさえつけた。

おばあちゃんがまたうめく。もう一度。もう一度。そうやって繰り返されるうち、短かったうめき声はやがて一続きの長い苦悩の叫びになった。ハンドバッグがごとんと床に落ちた。おばあちゃんが両手で口を覆う。洪水のようにあふれつづける声——ぞっとするような、断末魔の苦しみのような、泣き声のような、死者を弔う歌のような音——をせき止めようとしているみたいな手つきだった。

「おばあちゃん？」コナーは言った。甲高い、恐怖に張りつめた声だった。

それが合図になったかのように、おばあちゃんは悲鳴をあげた。

口に当てていた手を下ろし、こぶしを握り締め、口を大きく開いて、絶叫した。大きな、大きな叫び声だった。コナーも今度ばかりは本当に両手で耳をふさいだ。おばあちゃんはコナーを見てはいなかった。何も見ていなかった。ただ目の前のからっぽの空間に向かって叫んでいた。

コナーがこれほどおそろしい思いをするのは生まれて初めてだった。世界の果てに立たされたようだった。生きたまま、目を覚ましたまま、悪夢のなかに放りこまれたみたいだった。おばあちゃんの絶叫、からっぽの空間——

次の瞬間、おばあちゃんは戸口から室内へと足を踏み出した。

おばあちゃんは、足もとに散らかったがらくたが見えていないかのように一直線に突き進んできた。コナーはおばあちゃんの進路からあわてて飛びのいた。その拍子にソファの残骸に足をひっかけて転びかけた。両手を顔の前に持ち上げる。いまにもおばあちゃんのこぶしが飛んでくるものと覚悟した——

が、おばあちゃんの狙いは、コナーではなかった。

コナーには目もくれずにさっと通り過ぎた。顔を涙でゆがめ、さっきと同じようにうめき声を漏らしている。そのまま居間でただ一つまっすぐに立っている家具、陳列棚に突進していった。

そして棚の片側をつかみ——

大きく一度、引っ張って——

もう一度、引っ張って――

最後にもう一度、力のかぎり引っ張った。

陳列棚は、とどめをさすような音とともに床に倒れた。がしゃん。

おばあちゃんは最後にまた一つうめき声を漏らすと、両手を膝に当てて、荒い息をついた。

コナーのほうは見なかった。一度もコナーには視線を向けないまま、まもなく、体を起こして居間を出ていった。ハンドバッグはさっき落ちた場所にそのまま残された。おばあちゃんは階段を上ってまっすぐ寝室に入ると、音もなくドアを閉めた。

コナーは長いことぼんやりつっ立っていた。動いたほうがいいのか、じっとしていたほうがいいのか、わからない。

永遠とも思える時間が過ぎたころ、キッチンにごみ袋を取りに行った。それから、夜を徹してかたづけをした。しかし、残骸が多すぎた。かたづけきれないとついに悟るころには、東の空は白みかけていた。

ほこりや乾いた皿を洗い流す気力さえなくして、二階に上がった。おばあちゃんの部屋の前を通りかかると、ドアの下から光が漏れていて、おばあちゃんはまだ起きているのだとわかった。

おばあちゃんの声も聞こえた。静かに静かにすすり泣く声だった。

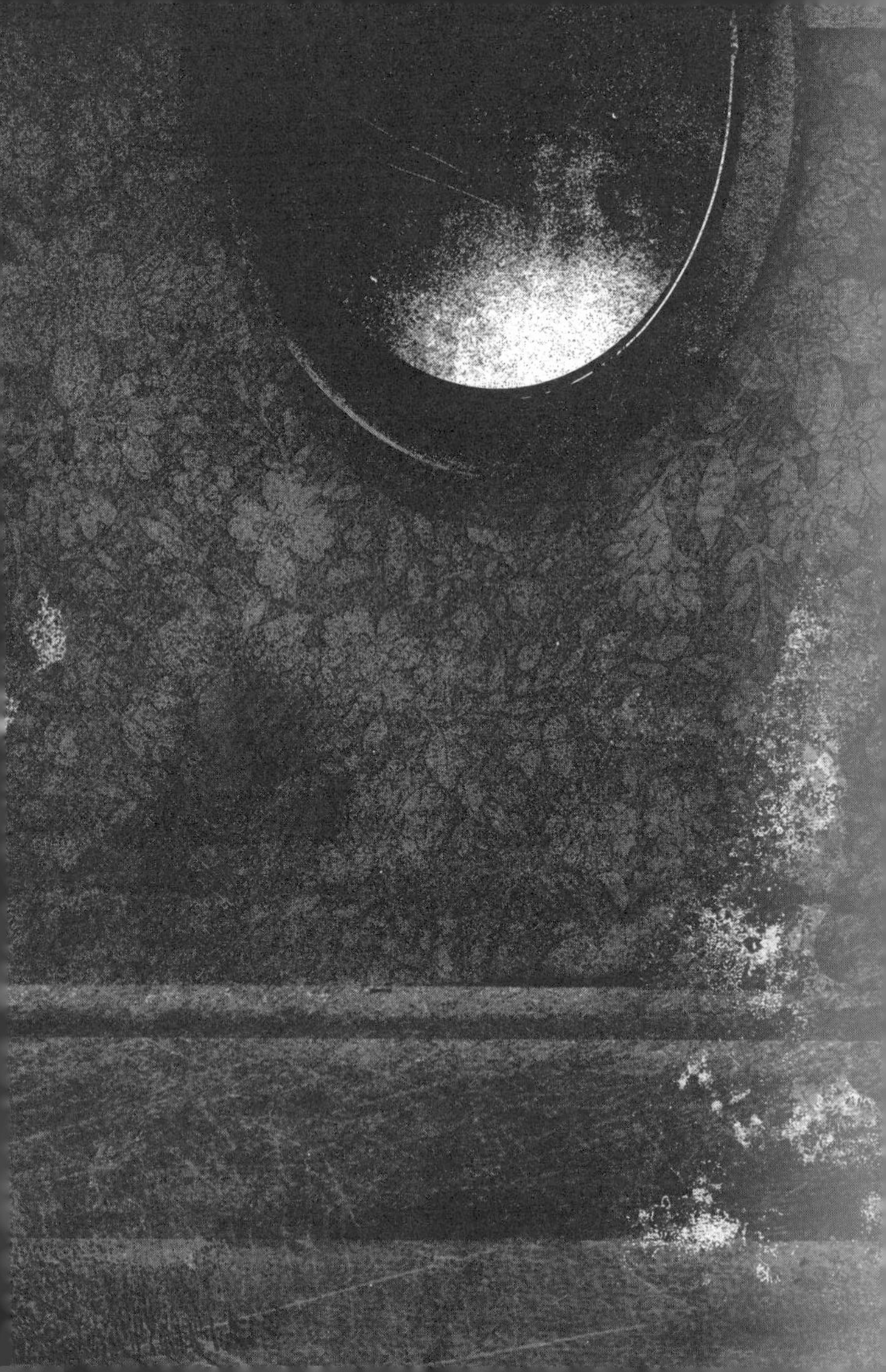

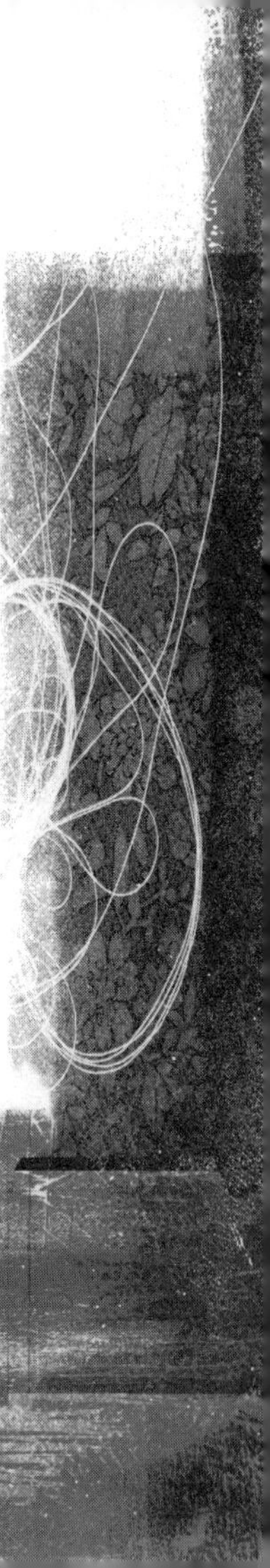

透明人間

コナーは校庭で待ちつづけている。

さっきリリーを見かけた。女の子何人かといっしょにいたが、コナーは知っていた。リリーはその子たちをじつはあまり好きじゃないし、その子たちもリリーを本当には好きじゃない。それでもリリーは、おしゃべりには加わっていなくてもその子たちといっしょにいた。コナーは無意識のうちにリリーの視線をとらえようとした。しかしリリーは一度もこちらを向こうとしなかった。

コナーが目に見えなくなったみたいに。

だからコナーは一人きりで待っている。世界に異変など何一つないかのように、広い宇宙で起きるできごとの何一つとして自分には関係ないかのようにはしゃぎ、笑い、携帯電話のディスプレイを確かめているほかの生徒たちと距離を置いて、石塀にもたれていた。

まもなく三人が見えた。ハリーとサリーとアントン。校庭を斜めに突っ切って来る。コナーをじっと見つめているハリーの目は親しげどころか、敵意さえ示していた。取り巻きコンビは、期待に顔を輝かせている。

来た。

安堵のあまり、コナーの膝から力が抜けそうになった。

睡眠時間は短かったが、苦境に追い討ちをかけるように、あの悪夢はしっかり見せられた。恐怖と転落。ぞっとする残酷な結末。コナーは悲鳴をあげて飛び起きた。そして、昨日よりましとはとても思えない今日がまた始まった。

ようやく勇気をかき集めて一階に下りると、キッチンに父さんがいて、朝ご飯を作っていた。おばあちゃんはどこにもいない。

「スクランブルエッグでいいか?」父さんが卵を焼いているフライパンを持ち上げた。

おなかは全然すいていなかったが、父さんにうなずいて、コナーはテーブルについた。父さんはできあがったスクランブルエッグを、バターを塗ったトーストにのせた。それからテーブルに二人分の皿を並べた。コナーの分、父さんの分。父さんも椅子に座り、二人は食べはじめた。

沈黙は重さを増していった。息をするのもつらくなったころ、父さんがついに言った。

「ずいぶんと散らかしたそうだな」

コナーは黙って食べつづけた。卵をできるだけ小さく小さくして口に入れていく。

「今朝、おばあちゃんから電話があった。ものすごく早くに」

コナーはまた、顕微鏡《けんびきょう》でなければ確認できないくらいの量の卵を口に入れた。

「母さんの容体が変わったんだ、コナー」

コナーはさっと顔を上げた。

「おばあちゃんがいま、病院で先生たちから話を聞いてる」父さんが続けた。「父さんはおまえを学校に送っていったあと――」

「学校？」コナーは訊き返した。「そんなことより、母さんに会わせてよ！」

父さんはコナーが最後まで言い終える前にもう首を振っていた。「いまは子供がいてもしかたがない。学校に送ったあと、父さんは病院に行ってるよ。学校が終わるころ、また迎えに行くから、おまえもそのときは母さんに会える」父さんは自分の皿に目を落とした。「万が一、状況が変わったら……もっと早く迎えに行く」

コナーはナイフとフォークを置いた。もう一口だって食べたくない。それどころか、このまま一生、何も食べる気にはなれそうもない。

「なあ」父さんが続けた。「ゆうべ、父さん、こう言ったよな。強くならなくちゃいけないぞって。いまがそのときだ。勇敢に立ち向かえ、コナー」父さんは居間のほうにあごをしゃくった。「今回のことが、どれだけ負担になってるかはわかる」ちらりと浮かんだ悲しげな笑みは、すぐに消えた。「おばあちゃんも理解してる」

「わざとじゃないんだ」心臓がどきどきしはじめていた。「気がついたら、ああなってたんだ」

「いいんだよ」父さんが言う。

コナーは眉間にしわを寄せた。「いいって、どういうことだよ?」

「心配しなくていい」父さんはまた朝ご飯を食べはじめた。「海ではもっと悪いことも起きる」

「それ、どういう意味?」

「何もなかったふりをしようって意味さ」父さんは硬い声で言った。「ほかにもいろいろ心配しなくちゃならないことがあるからな」

「たとえば母さんのこととか?」

父さんはため息をついた。「朝ご飯を食べてしまいなさい」

「罰も何もなし?」

「なあ、コナー、罰なんか与えて何になる?」父さんは首を振った。「いったい何になる?」


授業中もずっと上の空だった。それでも先生たちは注意一つせず、コナーを当てることもしなかった。マール先生は、ライフライティングの提出日だったのに、コナーにだけは出しないと言わなかった。コナーはまだ一文字も書いていなかった。

でも、そんなことは問題でも何でもないらしい。

同じ学年の生徒もコナーを遠巻きにしていた。コナーがいやなにおいを放っているとでもいうみたいに。今朝、登校してからだれかとひとことでも話をしたか、思い出してみた。たぶん、だれともしゃべっていない。朝、父さんと話して以来だれとも口をきいていないということだ。そんなこと、本当にあるものだろうか。

しかし、ついにハリーがやってきた。ようやく、ふだんと変わらないことが起きてくれた。

「コナー・オマリー」ハリーはコナーのすぐ近くまで来て立ち止まった。サリーとアントンは一歩ひいたところでにやにやしている。

コナーは石塀から体を起こし、両手を脇に下ろして、体のどこにパンチが飛んできてもいいように身がまえた。

だが、パンチは飛んでこなかった。

ハリーはただ立っている。サリーとアントンもすぐうしろに立っているが、にやにや笑いは少しずつ力をなくしはじめていた。

「何をぐずぐずしてるんだよ?」コナーは訊いた。

「そうだよ」サリーがハリーに言った。「何ぐずぐずしてるんだ?」

「殴っちまえよ」アントンがけしかける。

ハリーは動かない。コナーにじっと注がれた視線も、じっと動かずにいる。

コナーはハリーを見返すことしかできなかった。この世に自分とハリーの二人だけになってしまったかと思えてくるまで。てのひらに汗がにじむ。心臓は早鐘のように打っていた。

やるならさっさとやれよ——そう思った。が、どうやら声に出して言っていたらしい。「やるならさっさとやれよ!」

「やるって、何をだ?」ハリーの声は落ち着き払っていた。「いったい何をしろって、オマリー?」

「殴り倒してほしいんじゃないの」サリーが言った。

「ケツを蹴飛ばしてくれってさ」アントンが言う。

「そうなのか?」ハリーが訊いた。本心から知りたがっているような口調だった。「ほんとにそうなのか?」

コナーは黙っていた。こぶしを握り締めて、ただ立っていた。待っていた。

そのとき、大きな音でチャイムが鳴った。同時に、クワン先生が校庭に現われた。ほかの先生と話をしながらも、目は周囲の生徒たちの様子を油断なく観察していた。とりわけコナーとハリーに注意を払っているのがわかる。

「たぶん、俺たちには永久にわからないんだろうな」ハリーが言った。「このオマリーが何をお望みなのかは、永久にわからない」

アントンとサリーが笑いだした。ただ、何がおもしろいのかさっぱり理解できていないのは明らかだった。三人は向きを変えて校舎に戻っていく。

ハリーはそのあいだもコナーをじっと見つめていた。一瞬たりとも視線をそらさなかった。ハリーが行ってしまうと、コナーは校庭に一人取り残された。

だれからも姿の見えない透明人間みたいに。

イチイの木

「来てくれたのね」コナーに気づいて、母さんはベッドの上でほんの少し体を起こした。

いまの母さんにはそれがどれほどたいへんなことか、見ていればわかる。

「あたしは外にいよう」おばあちゃんは椅子から立ち上がると、コナーにはちらりとも目をやらないまま出ていった。

「父さんは自動販売機で何か買ってこようかな」父さんが戸口から言った。「相棒《バディ》、何かほしいものは？」

「バディって呼ぶのをやめてほしい」コナーは母さんを見つめたまま言った。

母さんは笑った。

「すぐ戻る」父さんが言い、病室にはコナーと母さんだけになった。

「いらっしゃいな」母さんはベッドのすぐ横を軽く叩いた。コナーはベッドに近づき、母さんの腕に針で刺さったチューブや鼻の穴から酸素を送りこんでいるチューブ、たまに母さんの胸にテープで留められて、鮮やかなオレンジ色をした薬を注入するチューブなどを引っかけないよう気をつけながら、となりに腰を下ろした。

「わたしのコナーは元気かしら？」母さんはかぼそい腕を持ち上げてコナーの髪をかきあげた。母さんの腕の、針が刺さっているところが黄色くなっている。ひじの内側の部分には、紫色をした小さなあざがたくさん並んでいた。

でも母さんはほほえんでいる。疲れた、そう、ひどく疲れた笑みだが、笑みにはちがいない。

「こんな母さん、見てるとこわくなっちゃうわよね」

「そんなことない」

母さんはまた指でコナーの髪をかきあげた。「優しい嘘《うそ》だから、許してあげる」

「ねえ、だいじょうぶ？」コナーはそうたずねた。その質問は見るからにばかげていて無意味だったが、母さんはコナーが本当に訊きたいことを察した。

「それがね、コナー。新しい治療を二種類試してもらったんだけど、期待したほど効果がなかったのよ。それに、お医者さんは、まさかこんなに早く効かないとは思ってなかったんですって。ややこしいわね、意味、わかる？」

コナーは首を振った。

「そうよね、じつは母さんにもよくわかってないのよ」

母さんの笑みはさっきよりこわばっていた。笑顔を作りつづけるのがつらいのだ。母さんは一つ深呼吸をした。空気はぎくしゃくしながら吸いこまれた。母さんの胸のなかに何か重たいものがあって、それが邪魔でもしているみたいだった。

「母さんが思ってたより、ちょっぴり速く進んじゃってるみたい」母さんの声はかすれていた。

その声を聞いて、コナーの胃袋がさらに激しく身をよじらせた。朝ご飯を食べたきり何ものどを通らなくて、かえってよかったと思った。

「でも」母さんが続ける。声はあいかわらずかすれているが、顔には笑みが戻っていた。「まだ試してない治療法が一つ残ってるの。その薬でよくなった人もいるそうよ」

「だったら、どうしていままで試さなかったの？」

「母さんが治療を受けたときのこと、覚えてる？　髪が抜けたり、吐いちゃったり」

「覚えてる」

「今度の薬は、そういう治療に期待したほどの効果がなかったときに初めて試すものなの。初めから選択肢の一つではあった。でも、お医者さんは、できればその薬を使わずにすませたいって考えてたのね」母さんはそこで目を伏せた。「こんなに早く使う時が来なければいいって」

「それって、もう手遅れってこと？」考えるより先に、言葉が口から飛び出してしまっていた。

「いいえ、コナー」母さんは早口で答えた。「そういうふうには思わないで。手遅れってことはない。いつだって可能性はあるのよ」

「ほんとに？」

母さんはまたほほえんだ。「ええ、ほんとだって母さんが信じてないなら、こんなふうにあなたに話したりしないわ」母さんの声は少しだけ強さを取り戻していた。

コナーは怪物の言葉を思い出した。〝信じれば、それだけでもう半分治ったも同然だ〟。

息がうまくできていないような感覚はまだ残っていたが、それでもコナーの胃を握りつぶそうとしていた緊張がじりじりと退却していくのがわかった。母さんもコナーがいくらか安心したことを見て取ったのだろう、コナーの腕をそっとさすりはじめた。

「でね、ものすごい偶然があるのよ」母さんはまた少し元気な声で言った。「うちの裏の丘に大きな木が立ってるでしょ？」

コナーは目を見ひらいた。

「嘘みたいな話だけど」母さんはコナーの様子に気づかないまま続けた。「今度の薬は、イチイの木から作られてるの」

「イチイの木から？」コナーは静かな声で訊き返した。

「そうよ。ずっと前、病院に通うようになってすぐ、何かで読んだの」母さんは口に手を当てて咳をした。もう一つ。「ここまで進まずに治ればいいって母さんも思ってた。でも、すごい偶然じゃない？ うちの窓からはイチイの木が見える。昔からずっと見えてたのよ。そのイチイの木が、母さんを治してくれるかもしれない」

思考が猛スピードで回転を始めた。めまいがしそうな速さだった。

「緑の大自然の底力を見せつけられたって感じよね」母さんが続ける。「人間は木を切り倒すことばかりに一生懸命だけど、ときにはその木に救われることもあるんだもの」

「イチイの木が母さんを助けてくれる。そういうこと？」コナーはたずねた。驚きのあまり、そう言葉にするだけでやっとだった。

母さんはまたほほえんだ。「ええ、そう願ってる。そう信じてる」

もしかして？

コナーは病室から廊下に出た。いろんな考えが頭のなかをぐるぐる駆けめぐっている。イチイの木から作る薬。今度こそ効くかもしれない薬。アポセカリーが司祭に頼まれても作ろうとしなかったのとそっくりな薬。とはいえ、正直なところ、コナーは司祭の家が叩き壊されなくてはならなかったわけをまだ完全に理解できてはいなかった。

ただ――

ただ、怪物が現われたことに、ちゃんとした理由があるのだとしたら。コナーの母さんを治すために来たのだとしたら。

希望をいだくのはこわかった。期待して裏切られるほうがこわい。

ちがう。

ちがう。もちろんちがうに決まってる。そんなことがあるわけがない。期待するほうがばかだ。あの怪物は夢だ。それだけのもの、ただの夢にすぎない。

それなら、葉は？　木の実は？　床から生えていた若木は？　めちゃくちゃになったおばあちゃんの居間だってある。

ふいに体が軽くなったように感じた。体が空中を漂いはじめたようだった。ありえるだろうか。どうだろう、そんなことがありえるだろうか。

そのとき、大きな声が聞こえて、コナーは廊下の先を見やった。父さんとおばあちゃんが言い争っていた。

話の内容ははっきり聞き取れなかったが、おばあちゃんは人さし指を父さんの胸に突きつけるようにしていた。「わたしにどうしろっておっしゃるんです?」父さんが言った。通りかかった人たちが振り返るような大声だった。おばあちゃんはコナーには聞こえない声で何か答えたあと、怒った様子で廊下を大股に歩いてくると、コナーの前を通り過ぎ──コナーにはやはり目もくれなかった──母さんの病室に入っていった。

父さんもすぐに来た。がっくりと肩を落としている。

「どうかしたの?」コナーは訊いた。

「おばあちゃんを怒らせた」父さんは言い、小さくほほえんだ。「まあ、いつものことだな」

「何がどうしたの?」

父さんは顔を曇らせた。「じつは、悪いニュースがあるんだ、コナー。今日の夜、帰らなくちゃいけなくなった」

「今日の夜? どうして?」

「おまえの妹が病気になった」

「へえ」コナーは言った。「どこが悪いわけ?」

「きっと大したことじゃない。でも、ステファニーは気がおかしくなりそうなくらい心配して、病院に連れていった。父さんにもすぐ帰ってきてほしいって言ってる」

「だから帰るんだ」

「ああ、いったん帰る。でもまた来るよ」父さんは言った。「次の次の日曜日。二週間もたたないうちってことだな。休暇をもらえたんだ。おまえにまた会いに来られるように」

「二週間か」コナーはひとりごとのようにつぶやいた。「でも、だいじょうぶだよ。母さんは新しい薬を試してる。それできっとよくなるから。父さんが帰ってくるころにはきっと——」

父さんの表情に気づいて、コナーは口をつぐんだ。

「ちょっと散歩に出ようか、コナー」父さんは言った。


病院の向かいの小さな公園に、木立のあいだを抜ける散歩道があった。コナーと父さんは、空いたベンチを探しながらその道を歩いた。病院のガウンを着た人と何度もすれちがった。家族といっしょに散歩している人、一人でこっそり煙草を吸っている人。おかげで公園は、屋外の病室みたいに見える。あるいは、亡霊の休憩所といった様相だった。

「どうせ〝ちょっと話したいことがある〟んだろ」ベンチに座るなり、コナーは言った。「このところ、みんながみんな、ぼくとちょっと話したいみたいだから」

「コナー、母さんが試してる新しい薬のことだがね——」

「母さんはそれでよくなる」コナーはきっぱりと言った。

父さんは一瞬ためらったあと、こう言った。「いや、コナー、おそらくよくはならない」

「ぜったいによくなる」コナーは譲らなかった。

「今度の薬は、言ってみれば最後の抵抗なんだ、コナー。こんなことを言うのは父さんだってつらい。しかし、進行があまりにも速すぎた」

「だいじょうぶ、母さんはきっと治る。新しい薬がかならず治してくれる」

「コナー、聞きなさい。おばあちゃんが怒ってるのには、もう一つ理由がある。父さんや母さんはおまえに本当のことを隠しすぎてると思ってるんだよ。いま、本当は何が起きようとしてるか、きちんと話すべきなのに、話していないから、怒ってる」

「おばあちゃんに何がわかるの？」

父さんはコナーの肩に手を置いた。「いいか、コナー、母さんは――」

「母さんは治る」コナーは何もかもを振り捨てるように立ち上がった。「今度の薬がカギなんだ。それが理由だったんだよ。ほんとだ。ぜったいだよ」

父さんは困ったような顔をした。「理由って、何の？」

「だから父さんは安心してアメリカに帰っていいから」コナーは続けた。「新しい家族のところに帰ればいいよ。父さんがいなくたって、平気だから。今度の薬は効くはずだから」

「コナー、いまとなってはもう――」

「今度のは効く。ぜったいに効く」

「コナー」父さんは身を乗り出した。「物語はいつもハッピーエンドで終わるとはかぎらないんだよ」

そのひとことがコナーを凍りつかせた。たしかに、いつもハッピーエンドとはかぎらない。怪物が教えてくれたことの一つはそれだった。物語は凶暴だ。野生の獣みたいなものだ。ときとして、だれも予想していなかった方角へ、とんでもない勢いで走りだす。

父さんは首を振っていた。「おまえには酷な話だと思う。それはわかってる。ちゃんとわかってるよ。不公平で、残酷で、本来ならあってはならないことだ」

コナーは答えなかった。

「次の次の日曜にまた来る」父さんは言った。「それを忘れるな。いいね？」

コナーは太陽を見上げて目をしばたたかせた。十月にしては本当に暖かい日が続いていた。まるで夏がまだ行きたくないとだだをこねているみたいだった。

「次はどのくらいいられる？」長い沈黙のあと、コナーはたずねた。

「できるだけ長く」

「でも、また帰っちゃうんだ」

「そうするしかない。父さんには――」

「向こうに別の家族がいるから」コナーは先回りして言った。

父さんはまたコナーの肩に手を置こうとしたが、そのときコナーはもう、病院に戻る道を歩きはじめていた。

なぜって、薬は効くからだ。効くはずだからだ。怪物が歩いてきたのは、そのためだからだ。そうとしか考えられない。あの怪物が夢でなく本当に存在するなら、その理由はそれ以外に考えられない。

コナーは病院に入る前に、建物の正面の時計を見上げた。

十二時七分まで、あと八時間。

物語は一回お休み

「ねえ、母さんを治せるんだよね？」コナーはたずねた。

イチイは癒やしの木だ。怪物は言った。わたしは歩くときはたいがい、イチイの姿を選ぶ。

コナーは眉をひそめた。「それじゃ答えになってない」

だが怪物は、意地の悪い笑みを浮かべただけだった。


母さんが夕食のあと眠ってしまうと、コナーはおばあちゃんが運転する車で帰った。おばあちゃんはあいかわらず居間の件を切り出そうとしない。それだけでなく、どうしても必要にならないかぎり、コナーにはいっさい話しかけなかった。

「おばあちゃんは病院に戻るから」コナーを家の前で降ろすと、おばあちゃんは言った。「適当に何か食べていなさい。食事のしたくらいできるだろう」

「父さんはもう空港かな」コナーは訊いた。

おばあちゃんからは、いらだったようなため息が返ってきた。コナーはドアを閉めた。車は走り去った。おばあちゃんの家の時計――いまとなってはキッチンにある電池式の安物が、この家にある唯一の時計だ――の針はのろのろと進みつづけた。そろそろ真夜中というころになっても、おばあちゃんは帰ってこなかったし、電話もかかってこなかった。こちらから電話してみようかと思ったが、以前、携帯電話の呼び出し音で母さんが起きてしまったじゃないかとどなられたことがある。

一人でも平気だ。平気どころか、かえって好都合だった。ベッドに入って眠ったふりをせずにすむ。コナーは時計が十二時七分を指すなり、外に出て呼びかけた。「どこ?」

ここだ。怪物はおばあちゃんのオフィスを楽々とまたぎ越えて姿を現わした。

「母さんを治せるんだよね?」コナーはもう一度訊いた。さっきよりも強い口調で。

怪物がコナーを見下ろす。それを決めるのはわたしではない。

「どうしてだよ？　家を壊したり、魔女の命を救ったりはするだろ。人間の側に使う気持ちがあれば、イチイの木のありとあらゆる部分に治す力が備わってるって言っただろ」

おまえの母さんがよくなる運命にあるなら、イチイの木が癒やすだろう。

コナーは腕組みをした。「それはイエスって意味なの？」

すると怪物は、これまで一度もしたことがないことをした。

座った。

おばあちゃんのオフィスに全体重を預けて座った。建物を組み立てている木材が抗議の悲鳴をあげ、屋根がたわんだ。コナーの心臓がのどもとまで跳ね上がった。オフィスまで壊したりしたら、おばあちゃんに何をされるかわからない。きっと刑務所に放りこまれるだろう。下手をしたら、寄宿学校に送られるかもしれない。

おまえはいまになってもまだ、自分がわたしを呼んだわけを理解していないようだな。怪物が言った。わたしがなぜ歩いてきたか、まだわかっていない。わたしはな、めったなことでは歩かないのだよ、コナー・オマリー。

「ぼくは呼んでない」コナーは言い返した。「呼んだんなら、きっと夢のなかでとか何かじゃないの？　百歩譲ってほんとに呼んだんだとしても、母さんを助けるために決まってる」

そうかな？

「だって、ほかにどんな理由がある？」コナーは叫ぶように言った。「とにかく、何が言いたいのかさっぱりわからない妙ちきりんな物語を聞くためじゃないことは確かだ」

おばあちゃんの居間の一件は忘れたか。

コナーはこらえきれずに小さな笑みを漏らした。

思ったとおりだ。怪物が言った。

「ふざけてないで、まじめに答えろよ」

わたしはまじめに話しているぞ。しかし、いまはまだ、第三の物語を話すべき時ではない。その時はまもなく来る。第三の物語をわたしが話したら、次はおまえが物語をする番だ、コナー・オマリー。おまえの真実を正直に打ち明けるのだ。怪物はそこで身を乗り出した。わたしが何を言っているか、おまえにもちゃんとわかっているはずだぞ。

またしても霧が二人を包みこみ、おばあちゃんの家の裏庭は色あせて消えた。世界は灰色をしたからっぽの空間に変わった。コナーはその場所を知っていた。世界が何に姿を変えたか、正確に知っていた。

あの悪夢のなかだ。


悪夢と同じ感覚、悪夢と同じ風景。世界の果てに切り立った崖のへりが、足の下でぼろぼろと崩れていく。コナーは手を握っている。その手はコナーの手のなかからすべっていこうとしている。だめだ、もうつかんでいられない――

「やめろ！」コナーは叫んだ。「やめろよ！　これはちがう！」

霧が晴れ、コナーはおばあちゃんの家の裏庭に戻っていた。怪物はまだオフィスの上に腰を下ろしている。

「いまのはぼくの真実なんかじゃない」声が震えていた。「あれはただのこわい夢だ」

それでも――怪物は立ち上がった。オフィスの屋根を支える梁《はり》がほっとしたようにため息をついた。第三の物語のあと、何が起きるかと言えば、これだ。

「へえ、うれしいな」コナーは言った。「もっとずっと大事なことが起きてるのに、またおとぎ話を聞かせてもらえるらしいぞ」

物語は大事な意味を持っている。怪物が言う。ときには、この世の何より力を持つこともある。そこに真実が含まれているならば。

「ライフライティング」コナーは苦々しげにつぶやいた。

怪物は驚いたような表情を作って言った――まさしく。それから向きを変えて歩き出そうとして、コナーのほうをちらりと振り返った。また来る。
「母さんがどうなるのか知りたい」コナーは言った。
怪物は立ち止まった。とっくに知っているだろう。
「自分は癒やしの木だっていばってたくせに。その力をいま使えよ！」
そのつもりでいる。怪物は答えた。
次の瞬間、一陣の風が吹いたかと思うと、怪物は消えていた。

二度と見ない

「ぼくも病院に行きたい」翌朝、おばあちゃんが運転する車のなかで、コナーは言った。「今日は学校に行きたくない」

おばあちゃんは黙って運転を続けた。金輪際、口をきいてもらえないのかもしれない。

「ゆうべ、母さんはどんなだった？」怪物が行ってしまったあとも起きておばあちゃんの帰りを待っていたが、いつのまにか眠りこんでしまっていた。

「変化なし」おばあちゃんは道路にまっすぐ視線を向けたまま、そっけなく答えた。

「新しい薬は効いてる？」

長い長い沈黙があった。どうやら答えるつもりはないらしいと思ったコナーがもう一度同じことをたずねようとしたとき、おばあちゃんが言った。「じきにわかるだろうね」

交差点をいくつか通り過ぎたころ、コナーは訊いた。「母さんはいつ帰ってくるの？」

これにはおばあちゃんは本当に答えなかった。学校に着くまでまだ三十分もあったのに、だ。

授業に集中するなんて、無理だった。とはいえ、それでしかられることはなかった。どの先生も一度もコナーを当てなかったからだ。話しかける生徒もいなかった。そのまま昼休みが来て、コナーは午前中いっぱいだれとも口をきかずに過ごすことになった。これで二日連続だ。

食堂のすみのすみに一人きりで座った。目の前のランチにはまったく手をつけなかった。食堂は信じられないくらいうるさい。同じクラスの生徒が立てる物音や騒ぐ声、叫び声、喧嘩する声、笑い声。コナーは何も聞こえないふりを決めこんだ。

怪物がきっと母さんを治してくれる。かならず治してくれる。だって、わざわざ来る理由はそれしかないだろう。ほかに説明のしようがない。怪物は癒やしの木の姿をして現われた。母さんがのんでいる薬を作るのと同じ木だ。それを考えたら、ほかに理由がない。

頼むよ。一口も食べていないランチのトレーをじっと見つめた。頼むよ、助けてよ。

そのとき、テーブルの向こう側から二本の手が伸びてきて、トレーの両側をばんと叩いた。その拍子にグラスが倒れて、コナーの膝にオレンジジュースがこぼれた。

あわてて立ち上がったが、間に合わなかった。ズボンはぐっしょり濡れていた。しずくが脚を伝っていくのがわかる。

「おーい、オマリーがおもらししたぞお！」すかさずサリーがどなった。そのそばでアントンが笑い転げている。

「ほら！」アントンがテーブルの上にできたオレンジジュースの水たまりを指でコナーのほうにはじいて言った。「まだ残ってるぞ！」

ハリーはいつもどおりアントンとサリーを従えて立ち、腕組みをしてこちらを見つめていた。コナーも見つめ返した。

そのまま長いことどちらも動こうとしなかった。サリーとアントンが騒ぐのをやめた。にらみ合いがいつまでも続いているのを見てそわそわしはじめ、いったいどうするつもりなのかとハリーの顔色をうかがっている。

本当に、ハリーは何をする気でいるのだろう。

「おまえのことがやっとわかった気がするよ、オマリー」ようやくハリーが口を開いた。「おまえが望んでることがわかった気がする」

「で、その望みはまもなくかなうってわけだな」サリーが言い、アントンとこぶしを打ち合わせて勝ち誇ったように笑った。

先生の姿はどこにも見えなかった。ハリーは先生に隠れてコナーにちょっかいを出せるタイミングを見計らって来たのだろう。

一人で立ち向かうしかない。

ハリーが一歩前に出た。あいかわらず落ち着き払っていた。

「覚悟するんだな、オマリー」ハリーが言った。「俺がおまえにできる最悪のことをしてやる」

ハリーが手を差し出した。握手を求めるみたいなしぐさで。

ふむ。ハリーは本当に握手を求めているらしい。

コナーはとっさに反応していた。自分が何をしているのか考える間もなく手を差し出し、ハリーの手を握っていた。二人は商談を終えたビジネスマンのように握手を交わした。「おまえのことはもう二度と見ないよ」

「じゃあな、オマリー」ハリーはコナーの目をのぞきこむようにして言った。

コナーの手を放すと、ハリーは向きを変えて歩きだした。アントンとサリーはまたわけがわからないといった顔をしたが、すぐにハリーのあとを追った。

三人のだれもこちらを振り返らなかった。

食堂の壁には大型のデジタル時計がかかっている。コナーの母さんが生まれるより前、そういったものが最先端だった七〇年代からずっと、買い替えられずにそこにある。ハリーが——一度も振り返らずに、歩く以外のことは何一つせずに去っていくハリーが、そのデジタル時計の真下に差しかかろうとしていた。

昼休みは十一時五十五分から十二時四十分までだ。

時計はいま、12：06を表示している。

コナーの頭のなかで、ハリーの言葉がこだまのように繰り返されていた。

——おまえのことはもう二度と見ないよ。

時計がまたたいた。12：07。

第三の物語をする時が来た。背後から怪物の声が聞こえた。

第三の物語

むかしむかし、だれからも見えない男がいた。コナーの視線はハリーに注がれたままだったが、怪物はかまわず話しはじめた。その男は、だれからも見てもらえないことにうんざりしていた。

コナーは歩きだした。

ハリーを追いかけるようにして。

その男は透明人間だったわけではない。そう話を続けながら、怪物もコナーのうしろから歩きだした。その男を見ないことにまわりの人間が慣れきっていたというだけのことだ。

「待てよ！」コナーは声を張りあげた。だが、ハリーは振り返らない。まだくすくす笑いつづけているサリーやアントンも振り返らない。コナーは足を速めた。

だれからも見られない人間は、果たして——怪物も足を速めた。——本当に存在していると言えるのか。

「待てったら！」コナーは大声でどなった。

ふいにしんと静まり返った食堂を、コナーと怪物は足早にハリーを追いかけた。

あいかわらず振り返ろうとしないハリーを。

コナーはハリーに追いつくと、肩をつかみ、力ずくでこちらを向かせた。ハリーはわざとらしく不思議そうな表情を作り、肩をつかんだのはおまえなのかとでもいうようにサリーの顔をじっと見ている。「ふざけるのはよせよ」そう言うと、また向きを変えた。

コナーに背中を向けた。

ある日、だれからも見えない男は、決意した。怪物の声がコナーの耳のなかで大きく響く。他人から見えるようになろうと決めた。

「どうやって？」コナーはたずねた。またしても息遣いが荒くなっている。背後の怪物のほうには顔を向けなかった。巨大な怪物が食堂に現われたことに、ほかの生徒たちがどんな反応をしているかも確かめようとしなかった。それでも、張りつめたざわめきと奇妙な期待感が広がりはじめていることはわかる。「その人はどうやった？」

すぐうしろに怪物の存在を感じる。床に膝をついて、物語の続きを聞かせようとコナーの耳もとに顔を近づけたのもわかった。

その男は怪物を呼んだのだよ。

次の瞬間、怪物は巨大な手をコナーの頭越しに伸ばすと、ハリーを殴り飛ばした。

ハリーの体が勢いよく転がっていく。その通り道に沿って、トレーがぶつかり合う音や生徒たちの悲鳴が響いた。アントンとサリーは茫然とした様子で、まずハリーを、次にコナーを見た。

　コナーの顔を見るなり、二人の表情が変わった。背後にそびえるように立っている怪物の存在を感じながら、コナーは二人のほうにまた一歩踏み出した。

　アントンとサリーは、くるりと向きを変えて逃げていった。

「おい、いったい何のつもりだ、オマリー？」ハリーが立ち上がりながら言った。倒れた拍子に床にぶつけた額を手で押さえている。その手を下ろすと、血が流れているのが見えた。ほかの生徒たちからまたしても悲鳴があがった。

　コナーは前進を続けた。生徒たちがクモの子を散らすように逃げだした。怪物はコナーと歩調を合わせてついてきていた。

「ぼくを見ないって？」コナーはハリーに近づきながら叫んだ。「ぼくを見ないだって？」

「そうだよ、オマリー！」起き上がったハリーが叫び返す。「そうさ、俺はおまえを見ない。ここにいるだれ一人、おまえを見ない！」

コナーは立ち止まると、食堂にゆっくりと視線をめぐらせた。そこにいる全員が二人を見ている。次の展開を待っている。

ただコナーが見ると、みな目をそらした。気まずくて、あるいはつらすぎて、コナーとは目を合わせられないとでもいうみたいに。ほんの少しでも目を合わせたのは、リリーだけだった。そのリリーもおびえたような、傷ついたような表情をしてすぐに目をそらした。

「この程度のことで俺がびびると思うか、オマリー」ハリーが額の血に手を触れた。「俺がおまえなんかをこわがると思うか」

コナーは何も言わずにまた歩きだした。

ハリーが一歩あとずさりする。

「コナー・オマリー」ハリーの声には悪意が忍びこみはじめていた。「ママのことで、みんなに同情されてるコナー・オマリー。自分は特別なんだって得意げな顔で、自分の苦しみはだれにも理解できっこないって顔して、学校を歩き回ってるコナー・オマリー」

コナーは歩きつづけた。もう少しでハリーの目の前だ。

「罰を受けたがってるコナー・オマリー」ハリーはあとずさりを続けた。目はじっとコナーを見つめている。「どうしても罰を受けなくちゃいられないコナー・オマリー。どうしてだ、コナー・オマリー？　罰を受けなくちゃならないような、どんな秘密を隠してる？」

「黙れ」コナーは言った。

怪物の声がそれに重なった。

ハリーがもう一歩下がったところで、窓に行く手をふさがれた。コナーが何をするのか、学校じゅうが息を殺して待っているようだった。遠くから先生の声が聞こえる。食堂で何か騒ぎが起きていることに気づいて、外で何か言っている。

「おまえの顔を見ると、俺の目に何が映るかわかるか、オマリー？」ハリーが言う。

コナーは両手を握り締めた。

ハリーがこちらに身を乗り出した。目がぎらぎら輝いていた。「何も映らないんだよ」

前を向いたまま、コナーは怪物にたずねた。

「だれからも見えない男のために、何をした？」

怪物の声が答えた。その声はコナーの頭のなかで聞こえているようだった。

周囲がその男を見ざるをえないようにした。

コナーは両手をさらに強く握り締めた。

次の瞬間、怪物が飛び出した。ハリーがコナーを見ざるをえないようにするために、

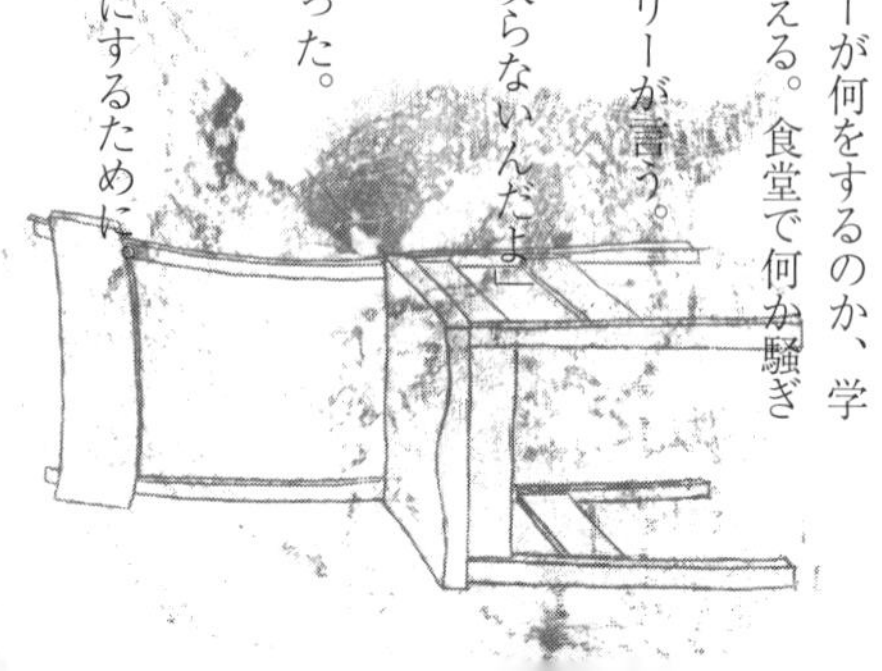

「言うべきことは何一つ思い浮かびません」校長先生は腹立たしげにふうっと息をつくと、首を振った。「あなたにいったい何を言えばいいのかしらね、コナー」

コナーはこぼれたワインと同じ色をしたカーペットに目を落としたままでいた。校長室にはクワン先生も来ていて、コナーの逃げ道をふさごうとでもいうのか、すぐうしろに座っている。校長先生が身を乗り出すのが見えたというより、空気の動きでわかった。校長先生はクワン先生より年を取っている。それと関係があるのかわからないが、倍くらいこわかった。

「あなたはハリーを病院送りにしたのよ、コナー」校長先生が言う。「あなたはハリーの腕と鼻の骨を折った。歯並びだって、元どおりにはならないでしょう。ハリーのご両親は、学校を相手に裁判を起こすと言ってきています。あなたのことも訴えると息巻いてる」

それを聞いて、コナーは顔を上げた。

「ハリーのご両親はちょっと感情的になってたの、コナー」背後からクワン先生の声が聞こえた。「無理もないことだと思うけれど。それでも、これまでの経緯は説明しておきましたよ。ふだんからあなたをいじめてたことや、あなたはいま……特殊な状況に置かれていることをね」

〝特殊〟という表現にコナーは顔をしかめた。

「ハリーがいじめをしていたと話したら、ご両親は急にトーンダウンして」クワン先生の口調には軽蔑が含まれていた。「まあ、最近では、いじめっ子という烙印《らくいん》は、大学受験に不利に働きますからね」

「問題はそんなことではないでしょう！」校長先生が大きな声で言い、コナーとクワン先生は同時に飛び上がった。「そもそも、何が起きたのか、わたしにはさっぱり理解できません」机の上の書類をめくる。先生たちやほかの生徒の証言が書かれているのだろう。「たった一人で、いったいどうしたらあそこまでの破壊行為ができるのか、さっぱり理解できないわ」


怪物がハリーにしていることを、コナーは肌で感じていた。自分の両手で感じた。怪物がハリーのシャツをつかめば、コナーのてのひらに生地の手触りが伝わってきた。怪物が殴れば、コナーのこぶしがずきりと痛んだ。怪物がハリーの腕を背中にねじりあげれば、コナーはハリーの腕の筋肉が抵抗するのを感じた。

ハリーは抵抗したが、勝つことはなかった。

だって、少年が怪物と闘って勝てるはずがない。

悲鳴や走り回る足音を覚えている。ほかの生徒たちが逃げ、先生を呼びに行ったのを覚えている。怪物がだれからも見えない男に代わって何をしたか語りつづけるあいだ、自分の周囲にできた空間がどんどん大きくなっていったことも覚えている。

　これでもう無視されることはない。怪物はハリーを何度も殴りながらそう繰り返した。二度と無視されることはない。

　やがてハリーはついに反撃をあきらめた——怪物の殴る力があまりに強く、回数があまりに多く、スピードがあまりに速かったから。そして、お願いだからもうやめてくれと懇願した。

　二度と無視されることはない。怪物は最後にもう一度そう言うと、ハリーを殴るのをやめ、枝のような巨大な両手を小さく握り締めた。雷鳴のような鋭い音が鳴った。

　それから、コナーのほうを向いた。

　しかし、無視されるよりつらいことはまだある。

　そう言うと同時に、怪物は消えた。コナーを、血を流しながら震えているハリーを見下ろしているコナーを、一人そこに残して。

　食堂にいる全員がコナーをじっと見ていた。コナーはだれの目からも見えるようになっていた。全員の目が残らずこちらを向いていた。あれだけ大勢の生徒がいたのに、食堂は静まり返っていた。先生たちが駆けつけてくる前のほんの一瞬——先生たちはいったいどこにいたのだろう？　怪物が先生たちの目には何も見えないようにしていたのだろうか。それとも、あのすべてがそれほど短時間に起きたことだったのだろうか——開けっ放しの窓から強い風が吹きこんできた。小さくて針みたいにとがった木の葉が何枚か、食堂の床に落ちた。

　まもなく、おとなたちの手が伸びてきて、コナーは食堂から連れ出された。

「何か言いたいことはありますか」校長先生がたずねた。

コナーは肩をすくめた。

「それだけではすみませんよ」校長先生が言う。「あれだけの重傷を負わせたんですからね」

「やったのはぼくじゃない」コナーはぼそりと言った。

「何ですか?」校長先生が鋭い声で訊き返した。

「やったのはぼくじゃありません」コナーははっきりとした声で繰り返した。「怪物です」

「怪物……?」

「ぼくはハリーにさわってもいません」

校長先生は机にひじをつくと、両手の指先を合わせて三角形を作った。クワン先生にめくばせをする。

「いいこと? あなたがハリーに乱暴しているところを食堂にいた全員が見てるのよ、コナー」クワン先生が言った。「あなたがハリーを殴るのを見てる。あなたがハリーをテーブルに向けて突き飛ばして、ハリーがテーブルの向こう側に落ちたところも見てるの。あなたがハリーの頭を床に叩きつけてるのも」クワン先生は身を乗り出した。「あなたが叫んでるのも聞いてる。だれからも見えない男がどうのこうのって。二度と無視されることはないって叫んでるのも」

コナーは両手をそっと握ってみた。またしてもずきんと痛んだ。おばあちゃんの家の居間をめちゃくちゃにしたときと同じ痛みだった。

「あなたがどれだけ怒りを感じてるかは想像できるわ」クワン先生が言った。先生の声は少しだけ優しくなっていた。「ご両親のどちらとも、保護者の方とも、まだ連絡が取れていないし」

「父さんはアメリカに帰りました」コナーは言った。「おばあちゃんは携帯電話をマナーモードにしてるんです。母さんを起こしたくないから」手の甲をかいた。「そのうちおばあちゃんがかけ直してくると思います」

校長先生は椅子の背にどさりともたれた。「校則に従うなら、あなたは即刻退学です」

虚脱感に襲われた。体重が一トンも増えて、それに耐えかねた全身からふいに力が抜けたような気がした。

だが、それはちがうとすぐに悟った。力が抜けたのは、肩にのしかかっていた重荷が消えたからだ。

理解が体のすみずみに広がっていく。解放感もだ。ほっとしたせいで、校長室の真ん中で泣きだしそうになった。

自分は罰を受けるのだ。ようやく罰が下されるのだ。これで何もかもがまた道理を取りもどすだろう。校長先生はコナーを退学処分にしようとしている。

ついに、やっと、罰が下される。

よかった。これでもう安心だ――

「でも、それは考えられません」校長先生が言った。

 コナーは凍りついた。

「あなたを切り捨てるようなことをしたら、この先、自分は教師だと胸を張ることは二度とできないでしょう。いまのあなたの状況を知っていて」校長先生はそこで眉をひそめた。「ハリーが陰で何をしていたか知っていて、そんなことはできません」先生は小さく首を振った。

「いつかこの件をきちんと話し合う日が来るでしょうね、コナー・オマリー。かならず。かならずね」先生はそう言うと、机の上の書類をそろえはじめた。「でも、今日はどうやらその日ではないようです」最後にもう一度、コナーを見やった。「いまのあなたには、考えなくてはならない大事なことがほかにもあるでしょうから」

 話は終わったのだと気づくまで、しばらく時間がかかった。終わりなのだ。罰はこれだけなのだ。

「あの、処分は何もないってことですか」コナーはたずねた。

 校長先生は厳めしい笑みを浮かべた。優しい笑みにも見えた。それから、父さんが言ったのとほとんどまった

うのです?」

く同じことを言った。「だって、罰など与えて何になるとい

クワン先生に付き添われて教室に戻った。途中ですれちがった二人の生徒は、廊下の壁に張りつくようにしてコナーに道を譲った。

ドアを開けると、教室はしんと静かになった。コナーが席につくまでのあいだ、先生も含め、だれ一人、ひとこともしゃべらなかった。となりの席のリリーは、何か言いたげな顔をしたが、結局何も言わなかった。

その日はそのままだれもコナーに話しかけてこなかった。無視されるよりつらいことはまだある。怪物はそう言っていた。そのとおりだった。

コナーはもはや、だれからも見えない少年ではなかった。いまはだれの目にもいやというほど見えている。

しかし、距離はいっそう遠くなっていた。

四　行

数日が過ぎた。そしてさらに数日が過ぎた。何日たったのか、正確なところはもうわからない。コナーには、灰色をした長い一日がずっとつながっているように思えた。朝、起きていっても、おばあちゃんはひとことも口をきかない。校長先生からあったはずの電話のことも一度も話さなかった。学校でも、やはりだれもコナーには口をきかなかった。病院の母さんは、疲れていてほとんど話せない。父さんから電話があっても話すことは何もなかった。

怪物は、ハリーをぶちのめしたあの日以来、一度も現われない。今度はコナーが物語をする番なのに。毎晩、コナーは怪物を待ちつづけた。だが、毎晩、怪物は現われないまま朝が来た。もしかしたら、コナーが何を話したらいいかわからずにいることを知っているからなのかもしれない。あるいは、そう、怪物が聞きたがっているのは何なのかちゃんとわかっていて、それを話すのはいやがるだろうと知っているからなのかもしれない。

怪物を待っているうち、コナーはいつしか眠りに落ちる。するとそれを待っていたかのように悪夢がやってきた。近ごろは眠るたびにあの悪夢を見た。しかも、あれ以上おそろしい夢はないはずなのに、それでもどんどんおそろしさを増していった。コナーは一晩に三度か四度、悲鳴をあげて飛び起きた。おばあちゃんがドアをノックして、すごい声が聞こえたけどだいじょうぶなのと訊いたこともあったくらいだ。

でも、おばあちゃんは部屋には入ってこなかった。

週末になって、二日とも病院で過ごした。新しい薬はまだ効き目をあらわしていないうえ、母さんは肺炎を併発してしまった。痛みはひどくなる一方で、鎮痛剤の量が増え、母さんはほとんどずっと眠っているか、意味不明のうわごとをつぶやいているかのどちらかになった。母さんがわけのわからないことを言いはじめると、おばあちゃんはかならずコナーを病室から追い出す。おかげでコナーは病院にすっかり詳しくなった。どう行けばいいかわからなくなった見知らぬおばあさんをX線検査室まで案内したりもした。

週末のあいだに、リリーがお母さんといっしょにお見舞いに来た。コナーは二人が帰ったと確実にわかるまで、売店で雑誌を立ち読みしていた。

そして気づくとまた、学校の日が始まっている。信じがたいことに思えたが、時間は、外の世界と変わらない速度で過ぎていた。

何かをじっと待っていたりしない外の世界と同じペースで。

マール先生がライフライティングの宿題を返している――ちゃんと生活《ライフ》らしい生活のある全員に。コナーはひとり机にひじをつき、あごを手にのせて、壁の時計をじっと見ていた。十二時七分まではまだ二時間半ある。とはいえ、十二時七分になったら何が起きるというわけでもないだろう。怪物は永遠にいなくなってしまったのだ——コナーはそう考えはじめていた。

コナーと口をきかない相手が一人増えただけのこと。そういうことだ。

「ねえ、ちょっと」どこか近くから小さな声が聞こえた。きっとまたコナーをからかっているのだろう。ほら、コナー・オマリーを見て、あのまぬけ面を見てよ。気持ち悪い。

「ねえってば」また同じ声が聞こえた。さっきより強い調子だった。

だれかがコナーに話しかけているらしい。

通路をはさんだとなりにリリーが座っている。小学校に上がって以来、コナーのとなりはいつもリリーの席だった。リリーの目はマール先生のほうを向いたままだが、指先で紙きれをはさんで、目立たないようにこちらに差し出している。

コナーあての手紙。

「早く取って」リリーが口を動かさないようにしながらささやき、紙きれをそっと振った。

コナーはマール先生がこちらを見ていないかどうか確かめた。先生はサリーの日常が、昆虫をモチーフにした、とあるスーパーヒーローの日常にそっくりなことに少々がっかりしたと説明するほうに完全に気を取られていた。コナーは通路ごしに手を伸ばして、手紙を受け取った。

手紙は二百回くらい折り畳まれていた。開けるのは、結び目をほどくみたいに根気のいる作業だった。少しばかり腹が立ってリリーをじろりとにらんだが、リリーは先生の話に一心に聞き入っているふりを続けていた。

手紙を机に広げて読んだ。あんなに何度も折ってあったのに中身はたった四行しかなかった。

たった四行。しかしその四行が、コナーの世界からすべての音を消した。

母さんのこと、みんなにしゃべっちゃってほんとにごめん――一行めにはそうあった。

コナーと友達でいられなくてさみしい――二行め。

だいじょうぶ？――三行。

あたしはちゃんと見てるよ――四行めの〝**あたしは**〟の下に、百本くらい線が引かれていた。


もう一度読んだ。もう一度。

リリーのほうを向いた。マール先生はリリーの作文を絶賛しているところで、リリーはそれを聞くのに集中しているようだった。ほっぺたが照れたみたいに真っ赤に染まっているが、それはマール先生に褒められたせいだけではないとコナーにはわかった。

マール先生が通路を近づいてくる。コナーには関心を払うことなく通り過ぎていく。

先生が通り過ぎた瞬間、リリーがこちらを向いた。まっすぐにコナーの目を見つめた。

手紙に書いてあるとおりだった。リリーは見ている。リリーはちゃんとコナーを見ている。

胸がいっぱいになって、すぐには何も言えなかった。

「リリー――」そう言いかけたとき、教室のドアがふいに開いて、学校の事務員が入ってきた。

マール先生を手招きして、何事かささやく。

それから、二人そろって振り返り、コナーを見た。

百年あれば

おばあちゃんは母さんの病室の前で立ち止まった。

「入らないの？」コナーは訊いた。

おばあちゃんは首を振った。「そこの待合室にいるから」そう言い置いて、行ってしまった。

病室で何が待っているのか。胸のあたりがざわついた。学校を早退してまで病院に呼ばれたことはこれまで一度もなかった。春に母さんが入院したときだって、そんなことはなかった。

頭のなかを、数えきれないほどたくさんの疑問が駆けめぐっている。

コナーはそのどれについても考えないことにした。

ドアを開けた。最悪の事態を覚悟して。

しかし、母さんは目を覚ましていた。ベッドは背の部分が起こしてあって、そこに母さんは上半身をもたせかけている。それに、母さんはほほえんでいた。コナーの心臓がぴょんと跳ねた。治療がうまくいったのだ。イチイの木が母さんを治してくれたのだ。怪物が——

だがまもなく、母さんの目は少しもほほえんでいないことに気づいた。コナーに会えて喜んでいる。同時に、おびえてもいる。悲しんでいる。しかも、見たこともないほどやつれていた。

そのことは重大な何かを伝えていた。

それに、そうだ、母さんの容体が少しだけ快方に向かったからといって、学校にいるところを病院に呼び出されるはずがない。

「コナー」母さんが言った。同時に目に涙があふれかけた。声もかすれていた。

ふいに、しかしゆっくりと、コナーの心に怒りがわきあがった。猛烈な怒りが全身に燃え広がった。

「いらっしゃい」母さんはすぐ横のベッドカバーを軽くたたいた。

コナーはそこには座らなかった。ベッドのとなりの椅子に乱暴に腰を下ろした。

「調子はどう、コナー?」母さんの声はかぼそかった。息遣いも、昨日よりさらに弱々しい。チューブの数も増えているようだった。薬、酸素、とにかくありとあらゆるものを母さんの体に送りこんでいるチューブ。母さんはスカーフを巻いていない。蛍光灯に照らされたむきだしの頭は、やけに青白く見えた。コナーは何かで覆い隠したい衝動に駆られた。母さんがどれだけ無防備でいるか、ほかの人に気づかれる前に覆って、守りぬきたかった。

「どういうこと?」コナーは訊いた。「おばあちゃんが学校にまで迎えに来たのはどうしてなの?」

「母さんがあなたに会いたいって頼んだからよ」母さんが答える。「痛み止めのモルヒネを打ってもらうと、いつも夢の国に行っちゃうでしょう? いまをのがしたら会えないんじゃないかって、急に心配になったの」

コナーはきつく腕組みをした。「夕方でもちゃんと起きてる日だってあるじゃないか。夜まで待ったって別によかったのに」

自分が何かをたずねていることはわかっていた。母さんもわかっていた。だから、母さんが次に口を開いたとき、母さんはコナーの暗黙の質問に答えようとしているのだとわかった。

「どうしてもいま会っておきたかったのよ、コナー」このときもまた、母さんの声はかすれ、目は涙で濡れていた。

「これも〝ちょっと話したい〟の一つってわけ?」自分でもぎくりとするくらいきつい口調だった。「これも……」

最後まで言えなかった。

「こっちを向いて、コナー」母さんが言った。ずっと床を見つめていたコナーはそろそろと顔を上げて母さんを見た。母さんはひどく疲れた笑みを浮かべていた。頭は枕に深く埋もれている。頭を持ち上げる力さえないみたいだった。ベッドが起こしてあるのは、そうしなければコナーの顔が見られないからだ。そのとき初めてそう悟った。

母さんは何か言おうとして大きく息を吸った。それがきっかけで、しゃがれた咳の発作が起きた。また話せるようになるまで何分もかかった。その一分一分がとても長く感じられた。

「今朝、お医者さんと話をしたの」母さんは力ない声で言った。「新しい薬は効いてないそうよ、コナー」

「イチイの木の薬？」

「そう」

コナーは眉を寄せた。「効かないわけがないのに？」

母さんののどがごくりと鳴った。「とにかく進行が速すぎるそうなの。新しい薬が効く可能性も、最初からほんのちょっとしかなかった。それにほら、肺炎まで――」

「効かないわけがないのに？」コナーは同じことを繰り返した。さっきとは別の相手に質問をしているみたいに。

「わかってる」母さんの顔にはやはり悲しげな笑みが浮かんでいる。「毎日見てたから、母さんはあのイチイの木を友達みたいに思ってたわ。いざというとき迷わず助けてくれる友達」

コナーはまだ腕組みをしていた。「でも、助けてくれなかった」

母さんはかすかにうなずいた。心配そうな表情をしている。母さんが心配しているのはコナーのことだ。

「で、次は？　次の治療は何？」

母さんは答えなかった。それが答えだった。

でも、コナーはあえて口に出して言った。「もう治療法はないってことだね」

「残念だけど、そういうことよ、コナー」母さんの顔はほほえんだままなのに、目からはこらえきれずに涙があふれた。「これまで生きてきて、こんなに残念に思ったことはない」

コナーはまた床を見つめた。息ができない。あの夢がコナーの胸を締めつけて、肺に空気を送りこめないようにしている。「薬は効くって、母さん、言ったろ」

「そうね」

「効くって言った。効くって信じてる。そう言ったろ」

「そうね」

「嘘だったんだ」コナーは顔を上げて母さんを見た。「ずっと嘘ついてたんだ」

「効くって本気で信じてたわ」母さんは言った。「信じてたから、コナー、今日までこられたんだと思う。あなたにも信じてもらいたくて、まず母さんが信じたのよ」

母さんはコナーの手を取ろうとした。コナーは手を引っこめた。

「嘘つき」コナーは言った。

「あなたは初めから知ってたんでしょう。心の奥底ではずっと気づいてた。ちがう?」

コナーは答えなかった。

「怒っていいのよ、コナー。思いきり怒っていいの」母さんはちょっと笑った。「じつを言うと、母さんだってものすごく怒ってるんだから。だけど、どうしても知っておいてもらいたいことがあるの、コナー。これから話すことをちゃんと聞いて。いい?」

母さんがまた手を伸ばす。一瞬迷ったあと、コナーは母さんに手を預けた。母さんの手は弱々しかった。とても、とても弱々しかった。

「気がすむまで怒っていいのよ」母さんが続けた。「気がすむまで怒りなさい。だれに何と言われようと怒るの。おばあちゃん、父さん、だれが何と言ったって関係ない。何かに八つ当たりしたくなったら、徹底的にやればいい」

母さんの目を見られなかった。見たくても見られない。

「いつか」いまはもう、母さんは本当に泣いていた。「いつかもし、怒ったことをうしろめたく思うようなことがあったとしても、話もしたくないほど母さんに怒ったことを後悔するようなことがあったとしても、コナー、ぜったいに忘れないでちょうだい。後悔なんかしなくていいの。怒るのは当然なんだから。母さんにはわかってるから。ちゃんとわかってるから。口に出して言わなくたって、あなたが言いたいことは全部、みんな、ちゃんとわかってるから。いい？」

まだ母さんの目を見られない。顔を上げられない。頭が重すぎて持ち上げられない。体を二つに折るようにしていた。おなかから引き裂かれまいとするように。

それでも、うなずいた。


母さんは長い、かすれたため息をついた。疲れももちろんあったが、コナーの耳には安心したような気配も聞き取れた。「ごめんね、コナー。そろそろ痛み止めが必要みたい」

コナーは母さんの手を放した。母さんは病院が用意した機械のボタンを押した。鎮痛剤を自動的に投与する機械だ。その薬はものすごく強くて、それを使ったあと、母さんはかならず眠りこんでしまう。機械が作動すると、母さんはまたコナーの手を取った。

「百年あったらよかったのに」穏やかな、穏やかな声だった。「百年、あなたにあげられたらよかったのに」

コナーは黙っていた。まもなく薬が母さんを眠らせた。でも、それがどうだというのだろう。話はした。

もう何も言うべきことはない。


「コナー？」どのくらい時間がたったのだろう、おばあちゃんが戸口に顔を出した。

「うちに帰りたい」コナーは静かに言った。

「コナー――」

「ぼくのうちに帰りたい」コナーは顔を上げた。悲しみと、恥ずかしさと、怒りから真っ赤に染まった目を上げた。「イチイの木が見える家に」

おまえなんかいる意味がない

「とりあえず病院に戻ってるからね、コナー」おばあちゃんは家に着くなりそう言った。「あんたのママを一人にしておきたくない。それにしても、こんなときに取りに来なくちゃいけない大事なものって、いったい何なの？」

「やらなくちゃいけないことがあるんだよ」コナーは赤ん坊のころからずっと暮らしてきた家を見上げた。ほんのしばらく離れていただけなのに、からっぽで、前とはちがってしまったような気がした。

もしかしたら、ここを自分の家だと思うことは、もう二度とないのかもしれない。

「一時間かそこらで迎えに来るから」おばあちゃんが言った。「夕飯は病院で食べることになるよ」

コナーはまともに聞いていなかった。車を降りてドアを閉めようとしていた。

「一時間だよ、いいね？」おばあちゃんが閉まったドアの向こうから大きな声で繰り返す。「今夜だけはかならず病院にいたほうがいい」

コナーは玄関に向かって歩きつづけた。

「コナー?」おばあちゃんの声が追いかけてくる。コナーは振り返らなかった。おばあちゃんの車が通りに出て走り去る音も、コナーには聞こえていなかった。

ほこりとよどんだ空気がコナーを出迎えた。コナーは玄関を閉める手間さえ省いた。まっすぐキッチンに向かい、窓から外を見る。

丘の上の教会。その墓地を守るように、イチイの木が立っている。

コナーは裏庭を突っきった。夏になると母さんがよくリキュールのピムズを飲んでいたガーデンテーブルに上り、そこから裏の塀を乗り越えた。こんなことをするのは小さかったころ以来だ。父さんからいつもお仕置きを食らった。そこをすりぬける。線路のそばの有刺鉄線がとぎれているところは、いまも修繕されていなかった。

列車が来ていないか、ろくに確かめもせずに線路を渡り、向こう側の塀も乗り越えた。そこは教会のある丘のふもとだった。教会の低い石塀を飛び越えて、墓石のあいだを縫うようにして丘を登った。そのあいだずっと、イチイの木から目をそらさずにいた。

そのあいだずっと、イチイの木は木のままでいた。

コナーは走りだした。

「起きろ!」イチイの木の下まで行く前にもう叫んでいた。「起きろよ!」

木のそばに着くと、幹を蹴飛ばした。「起きろって言ってるだろ! いまが何時だって関係ない。起きろってば!」

また蹴飛ばした。

もう一度。もっと強く。

さらにもう一度。

三度めは空振りになった。木がよけたからだ。その動きはすばやく、コナーはバランスを崩してしりもちをついた。

いつまでもそんなことをしていると、けがをするぞ。怪物がはるか高みからコナーを見下ろして言った。

「効かなかった！」コナーは立ち上がって声を張りあげた。「イチイの木が母さんを治すって言ったよな！　なのに効かなかったぞ！」

わたしはこう言ったんだ。おまえの母さんがよくなる運命にあるなら、イチイの木が癒やすとな。母さんは治る運命にはなかったようだ。

コナーの胸にたまった怒りがいっそう激しさを増し、心臓は胸を突き破りそうな勢いで打ちはじめた。怪物の脚を蹴り、こぶしで幹を殴りつけた。たちまちあざができた。「母さんを治せよ！　治してよ！」

コナー――怪物が言った。

「母さんを治せないなら、おまえなんかいる意味がないじゃないか」コナーは怪物を叩きながら言った。「くだらない物語を聞かせて、ぼくにトラブルを押しつけただけじゃないか。おかげで、みんながぼくのことを病原菌か何かみたいに――」

そこで口をつぐんだ。怪物の片手が下りてきてコナーをさらい、天高く突き上げたからだ。

わたしを呼んだのはおまえだ、コナー・オマリー。怪物は険しい目でコナーを見つめていた。

おまえの疑問に答えられるのは、おまえ自身しかいない。

「ぼくが呼んだんなら」頬が燃えるように熱い。その頬の上を涙が流れていることに、コナーは気づいていなかった。「それは母さんを治すためだ！　母さんを治してもらいたかったからだ！」

怪物の葉がざわめいた。長いため息に似た風が吹き抜けたかのように。

わたしが来たのは、おまえの母さんを治すためではない。おまえを癒やすためだ。

「ぼくを？」怪物の手のなかで身をよじらせていたコナーは、動きを止めた。「ぼくには治してもらいたいところなんかない。それより母さんが……」

最後まで言えなかった。いまになってもまだ言えなかった。母さんと話をしたいまになってもまだ。もうずっと前から知っていたことなのに。知らなかったはずがない。もちろんちゃんと知っていた。それは嘘だとどんなにがんばって信じようとしたところで、気づかずにいるほうが無理だった。それでもまだ、言葉にすることはできない。

そんなこと、どうしても言えない。

コナーはあいかわらず激しく泣いていた。息もできないくらいだった。体が張り裂けてしまいそうだった。体がねじ切れてしまいそうだった。

また顔を上げて怪物を見た。「助けて」ささやくように言った。

第四の物語を聞く時が来たな。

コナーは怒った声を張りあげた。「何言ってるんだよ！　そんなこと頼んでるんじゃない！

そんなことよりもっと重大なことが起きてるんだ！」

そのとおりだ。怪物が言った。重大なことが起きている。

怪物は空いているほうの手を開いた。

またしても霧が広がって、あたりを包みこんだ。

そして、二人はふたたび悪夢のなかに放りこまれていた。

怪物の巨大で力強い手のなかに守られていてもなお、恐怖が忍びこんでくるのがわかった。真っ黒な恐怖が肺を満たし、肺を詰まらせていく。胃が重たくなって——

「やめろ！」コナーは叫びながら身をよじらせたが、怪物の手には勝てない。「よせ！　お願いだからやめてくれよ！」

丘、教会、墓地は消えた。太陽まで消えた。二人は氷のような暗闇に包囲されていた。母さんが初めて入院したときからずっとコナーにつきまとってきた暗闇。治療のせいで母さんの髪の毛が抜けはじめたときから、いや、その前に、なかなかよくならない風邪を診てもらいに行ったら、風邪なんかじゃないとわかったときから、いや、その前に、母さんがこのところだるくてしかたがないと愚痴《ぐち》をこぼしはじめたときから——ちがう、その前からずっと、もういつのことだったのか思い出せないくらい前からずっと、悪夢はすぐそばに存在していたような気がする。その悪夢はコナーにつきまとい、コナーを包囲し、コナーを外の世界と切り離して、孤立させた。

ずっと、ずっと、ここに閉じこめられていたような気がする。

「ここから出してよ！」コナーは叫んだ。「頼むから！」

第四の物語を聞く時が来た。怪物は繰り返した。

「物語なんか一つも知らないって！」コナーの心は恐怖に震えていた。

自分で話さないなら、わたしが代わりに話してやろうか。怪物はそう言ってコナーを目の前に引き寄せた。あらかじめ警告しておくが、わたしに話させるのはいい考えとは言いがたいぞ。

「お願いだよ」コナーは懇願した。「母さんのそばについていなくちゃ」

いや。怪物は暗闇に目を凝らした。母さんならもう、ここに来ている。

怪物は唐突にコナーを地面に下ろした。というより、落としたと言ったほうがよさそうだった。コナーは前のめりに投げ出された。

両手に伝わる冷たい土の感触には覚えがあった。暗く鬱蒼《うっそう》とした森に三方をふさがれたこの野原にも、見覚えがある。森のない一辺からさらに深い闇へと落ちている崖にも。

その崖のへりに、母さんが立っていた。

母さんは背を向けているが、肩越しにこちらを見てほほえんでいる。病院で会ったときと同じように弱々しいが、無言でコナーに手を振った。

「母さん！」コナーは叫んだ。体が重すぎて、立ち上がることもできない。夢の始まりはいつもそうだった。「ここにいちゃだめだ！」

母さんは動かない。それでも、コナーの言葉を聞いて、ほんの少し不安げな表情をした。

コナーは体を引きずるようにして、母さんのところまで這っていこうとした。「母さん、逃げて！」

「母さんならだいじょうぶよ、コナー。心配するようなことは何もないわ」

「母さん、逃げろってば！　お願いだから逃げて！」

「でもコナー、何も――」

母さんはふと口をつぐみ、何か聞こえでもしたのか、崖のほうに向き直った。

「だめだ」コナーはささやいた。また少し前進する。だが、母さんのいるところは遠すぎた。とても間に合いそうにない。体が重たくて重たくて――

そのとき、崖の向こう側から低い音が聞こえた。ごろごろというような、地鳴りに似た音。何か大きなものが下で動いているかのような。

世界より大きな何か。

その何かは、崖を登ってこようとしていた。

「コナー？」母さんがまたコナーのほうを振り返る。

だが、コナーは知っていた。もう間に合わないと知っていた。

本物の怪物が姿を現わそうとしている。

「母さん！」コナーは声をかぎりに叫んだ。背中にのしかかっている目に見えない重さを振り落とすようにして、やっとの思いで立ち上がった。「母さん！」

「コナー！」母さんが悲鳴のような声をあげて崖のへりからあとずさった。

しかし、地鳴りに似た音はどんどん大きくなっていく。まだまだ大きくなっていく。もっともっと大きくなっていく。

「母さん！」

コナーにはわかっていた。間に合わない。

低いうなり声とともに、輪郭のあいまいな燃える闇がせりあがり、巨大なこぶしが二つ、崖の上に突き出した。こぶしはほんの一瞬、中空で静止した。懸命に逃げようとしている母さんの真上で、ぴたりと静止した。

でも、母さんは衰弱している。衰弱が激しすぎて、逃げきれない――

次の瞬間、こぶしは二つとも凶暴な勢いで下りてきたかと思うと、母さんをつかんで崖の向こうへとさらっていこうとした。

同じ瞬間、コナーはようやく走れるようになった。大声で叫びながら、野原を

駆け抜けた。あまりのスピードに足がもつれ、あやうく転びそうになりながら、母さんのほうへ思いきり飛んだ。黒いこぶしにさらわれかけて必死にこちらに手を伸ばしている母さんに飛びついた。

コナーの手は、かろうじて母さんの手をつかまえた。

これが悪夢だ。夜ごとに見ては、悲鳴をあげて飛び起きている夢だ。これはいま、ここで、起きていることだ。

コナーは崖のへりにいる。全身の力をかき集めて、母さんの手を握り締めている。母さんが下の漆黒の闇に引きずりこまれないよう、崖の下にる化け物にさらわれないよう。

その化け物の全身がいま、見えていた。

本物の怪物、コナーが心の底からおそれている怪物、イチイの木が初めてやってきたとき、きっとそいつが来たのだと勘ちがいした、悪夢のなかの本物の怪物は、塵と灰と黒い炎でできている。だが、本物の筋肉と、本物の力と、コナーをねめつけている本物の赤い目と、母さんを生きたまま食おうとしている鈍く輝く本物の歯を持っていた。〝もっとこわいものだって見たことがある〟——イチイの木が初めて現われたあの夜、コナーはそう言った。

これがそのもっとこわいものだった。

「助けて、コナー！」母さんが叫ぶ。「手を放さないで！」

「放すもんか！」コナーは叫び返す。「ぜったいに放さないよ！」

化け物が咆哮し、こぶしで母さんの体をしっかりとつかんで、なおも強く引っ張った。

コナーの手のなかで、母さんの手がすべりはじめた。

「やめろ！」コナーは化け物にどなった。

母さんが恐怖の悲鳴をあげる。「お願い、コナー！　ぜったいに放さないで！」

「ぜったいに放さないから！」コナーは大声で答え、うしろに突っ立ったままでいるイチイの木のほうを振り返った。「手伝ってよ！　一人じゃとても無理だ！」

しかし、木はじっと立ってこちらを見つめるばかりだった。

「コナー！」母さんの叫び声。

母さんの手がじりじりとすべっていく。

「コナー！」また母さんが叫んだ。

「母さん！」コナーは母さんの手を握る手に力をこめた。

だが、母さんの手は少しずつすべっていく。化け物に引っ張られて、母さんの体はじりじりと重くなっていく。

「落ちちゃう！」母さんが言う。

「だめだ！」コナーは叫んだ。

母さんと、母さんを引っ張る悪夢のこぶしの重さに耐えかねて前に倒れ、コナーは崖のへりに腹ばいになった。

母さんがまた悲鳴をあげた。

もう一度。

母さんはとんでもなく重かった。ありえないほど重かった。

「お願いだ」コナーはささやいた。「お願いだから」

これが――イチイの木の声が背後から聞こえた。これが第四の物語だ。

「黙れ！」コナーはどなった。「そんなことより、手伝ってよ！」

これが、コナー・オマリーの真実だ。

母さんが叫んでいる。

母さんがすべり、落ちていこうとしている。

もう母さんの手をつかまえていられない。

いまが最後のチャンスだ。イチイの木が言った。

いまこそ真実を話さなくてはならん。

「いやだ！」コナーは涙声で言い返した。

話さなくてはならん。

「いやだ！」母さんの顔を見下ろしながら、繰り返した。

真実は、唐突に訪れた。

悪夢がクライマックスに達して――

「だめだよ！」コナーは甲高い声で叫び――

そして、母さんは落ちていった。

第四の物語の続き

いつもなら、ここで目が覚める。母さんが悲鳴だけを残して底なしの暗闇に落ち、悪夢に永遠に奪われてしまったところで、このまま心臓が破裂してしまうのではないかと心配になるほどどきどきしながら、汗みずくになって飛び起きる。

ところが、今回は目が覚めなかった。

悪夢にまだ包囲されていた。イチイの木もさっきと同じようにうしろに立

っている。

物語はまだ語られていない。木が言った。

「ここから出して」コナーは震えながら立ち上がった。「母さんに会いたい」

おまえの母さんはもうここにはいない。イチイの木の怪物が言う。おまえは手を放した。

「これはただの悪夢だよ」コナーは肩で息をしていた。「これは真実じゃない」

これこそが真実だ。怪物が言った。わかっているだろう。おまえは手を放した。重たくて重たくて、

「ちがう、母さんは落ちたんだ。あれ以上、手をつかんでいられなかった。もう無理だった」

だから、自分から手を放した。

「母さんは落ちたんだよ！」コナーは大声を出した。金切り声といってもよかった。母さんをさらっていった塵《ちり》と灰の塊が煙の渦に姿を変え、崖をまたしても這い登ってこようとしていた。息をすると、どうしてもその煙も吸ってしまう。煙は空気と同じように口や鼻からもぐりこみ、肺を占領していく。コナーはむせた。呼吸をするだけのことが、ただただ苦痛だった。

おまえは自分から手を放した。怪物が言った。

「ぼくは放してない！」コナーはどなった。声がかすれた。「母さんは落ちたんだ！」

真実を話さなければ、この悪夢から永久に出られんぞ。怪物はコナーにのしかかるように立ち、初めて聞くような恐ろしい声で続けた。死ぬまで一人きりでここに閉じこめられる。

「お願いだからもう帰らせてよ！」コナーはあとずさりしながら叫んだ。巻きひげのような悪夢の煙が足首にからみつくのを見て、恐怖の悲鳴をあげた。煙はコナーを引き倒し、腕にもからみつこうとした。「助けて！」

真実を話せ！　怪物が言った。いかめしくて、うなじのうぶ毛が逆立つようなおそろしい声だった。真実を話すか、永遠にここにいるか。

「真実って何のこと？」コナーは煙と死に物狂いで闘いながら、大声で訊き返した。「何の話かさっぱりわからない！」

黒い闇のなかから怪物の顔がぬっと現われ、コナーのすぐ目の前に突きつけられた。

わかっているはずだ。怪物はおどすような低い声で言った。

次の瞬間、世界からふっと音が消えた。

なぜなら、そう、コナーにはわかっているからだ。

ずっと前から知っていたからだ。

真実を。

本当の真実を。悪夢に含まれた真実を。

「いやだ」コナーは小声で言った。黒い闇がまたじわりと身を伸ばし、コナーの首を探り当てた。「話せない」

話せ。

「話せない」コナーは繰り返した。

いや、話せる。怪物が言った。声の調子がさっきとはちがっていた。何かが加わっていた。優しさが。

コナーの目に涙があふれた。涙のつぶが頬を転がり落ちていく。もう止められない。手でぬぐうこともできない。悪夢の巻きひげに縛りあげられて、何もできなかった。巻きひげは、いまやコナーの全身にからみついていた。

「お願いだから」コナーはかぼそい声で懇願した。「お願いだから言わせないで」

おまえは自分から手を放した。怪物が言う。

コナーは首を振った。「お願い――」

おまえは自分から手を放した。

コナーはぎゅっと目をつぶった。

やがて、こくりとうなずいた。

まだ手を放さずにいることもできた。だが、おまえは手を放した。手をゆるめて、母さんを悪夢に引き渡した。

コナーはまたうなずいた。胸が痛くて、涙を止められなくて、顔がくしゃくしゃになっていた。

母さんが落ちてくれればいいと思った。

「そんなことない」コナーは泣き声で言い返した。

母さんがいなくなってくれればいいと思った。

「そんなこと思ってないったら！」

真実を話せ。いますぐ話さなくては間に合わないぞ、コナー・オマリー。さあ、話せ。話すのだ。

コナーはまた首を振った。唇をしっかりと結んだ。しかし、胸のなかで何かが燃えていた。何かが火をつけたもの、ミニチュアの太陽のようなものがごうごうと音を立てて燃え、コナーの内側を焦がそうとしている。

「言ったらこいつに殺される」コナーはあえいだ。

言わなければ殺される。怪物が言った。さあ、話せ。

「言えない」

おまえは自分から母さんの手を放した。なぜだ？

黒い闇はコナーの目を覆い、鼻をふさぎ、のどを詰まらせようとしていた。息を吸っても、空気は入ってこない。闇はコナーを窒息させようとしている。そうやって殺そうと――

なぜだ、コナー？　怪物が迫る。なぜなのか言え！　時間がない！

コナーの胸のなかの炎がふいに勢いを増した。生きたままコナーを食ってやろうと、強欲に燃え盛っている。その炎こそが真実だった。真実がいま、コナーを食い尽くそうとしていた。のどの奥からうめき声がわきあがってきた。そのうめき声はまもなく泣き声になり、次に言葉にならない叫び声になった。コナーが口を開くと、そこから炎が噴き出して、周囲のすべてを焼き尽くそうとした。炎は黒い闇をあぶっている。イチイの木をなめようとしている。イチイの木を、世界といっしょくたに焼き尽くそうとしている。コナーは叫んだ。苦悩と悲嘆の叫び。叫んで、叫んで、叫んで——

叫び声は、言葉に変わった。

コナーは真実を話した。

第四の物語の続きを。

「これ以上、耐えられないからだよ！」燃え盛る炎のなかで、コナーは絶叫した。「もうじき母さんはいなくなるってわかってててただ待ってるなんて、もう耐えられないからだ！　終わってほしいんだよ！　さっさと終わらせたいんだ！」

次の瞬間、炎が世界をのみこんだ。すべてが——コナーも——のみこまれた。

コナーの胸に深い安らぎが広がった。ついに、ようやく、彼の罪にふさわしい罰が下されたからだ。

コナーは目を開いた。そこは家の裏手の丘の上だった。コナーは芝の上に横たわっている。まだ生きている。

それは考えられるなかで最悪のことだった。

「どうして殺さない？」コナーは両手で顔を覆ってうめくように言った。「ぼくは殺されても文句の言えないことをしたのに」

それはどうかな。怪物はコナーを見下ろしていた。

「ずっと考えてた」コナーはゆっくりと言った。胸が痛い。言葉にするのはつらすぎる。「母さんはもう治らない。そのことはわかってた。最初のころから知ってたよ。母さんはよくなってるって言いつづけてた。ぼくを心配させないように。だから、ぼくは母さんを信じた。でも同時に、信じてなかったんだ」

そうだな、信じていなかった。怪物が言った。

コナーはこみあげてくる感情をのみくだした。打ち明けるのはやはりつらい。「そのうち、こう考えるようになった。ぼくはどうやら早く終わってほしいと思ってるみたいだって。そのことを考えなくてすむようになりたいらしいぞって。待ってることから、もう解放されたかった。あの孤独から、一刻も早く解放されたかった」

コナーは激しく泣いていた。こんなに泣いたことは一度もない。母さんが病気だと知らされたときでさえ、こんなには泣かなかった。

おまえは心のどこかで、とにかく終わってほしいと願った。怪物は言った。それは母さんを失うことだと知っていてもなお、そう願った。

コナーはうなずいた。話すこともできない。

やがてあの夢を見るようになった。その夢の最後で、おまえはいつも――

「母さんの手を放した」コナーは声を絞り出すようにして言った。「がんばろうと思えばまだがんばれたのに、ぼくはわざと手を放した」

さよう、それが真実だ。

「だけど、そんなつもりじゃなかった！」コナーは叫ぶように言った。「母さんを見捨てるつもりなんかなかった！　なのにいま、あの夢が現実になろうとしてる！　母さんは死にかけてる。ぼくのせいだ！」

それは――怪物が言った。まったく真実ではない。

コナーの悲しみは物理的な力を持っていた。コナーを万力のように締めつけていた。筋肉のように固く握り締めていた。どんなに抵抗しても、息さえできない。あきらめて、ふたたび大地に体を横たえた。いっそ殺してもらったほうがどんなに楽だろうと思った。

怪物の大きな両手が小さな巣のような形をつくり、コナーをそっと拾い上げたのがなんとなくわかった。まわりで葉や枝が動き、コナーがゆったりと横になれる柔らかな場所を確保しようとしているらしいことも、なんとなくわかった。

「ぼくのせいだ」コナーはささやいた。「ぼくが手を放したからなんだ。ぼくのせいだ」

おまえのせいではない。怪物の声がそよ風のようにコナーの全身を包んだ。

「ぼくのせいだよ」

苦痛から早く解放されたいと願っただけのことだろう。自分の苦痛から解放されたい、それがもとで生まれた孤立感から解放されたいと願った。それ以上に人間らしい願いはほかにない。

「そんなつもりはなかったのに」コナーは言った。

いや、あったはずだ。怪物は言った。しかし同時に、なかった。

コナーは不満げに鼻を鳴らし、すぐそこに壁のようにそびえている怪物の顔を見上げた。

「どっちもほんとなんて、ありえないよ」

ありえるさ。人間とは、じつに複雑な生き物なのだからね。女王は善良な魔女であり、同時に邪悪な魔女でもあった。そんなことがありえるだろうか。王子は殺人者であり、同時に救世主でもあった。アポセカリーは欲深い人間であり、同時に正しい考えの持ち主だった。司祭は身勝手な男であり、同時に思いやりのある人物だった。そんなことがどうしてありえる？　だれからも見えなかった男の孤独は、見えるようになったことでかえって深まった。なぜだ？

「わからない」疲れきったコナーは肩をすくめた。「そもそもあの三つの物語は、何が言いたいのかよくわからないし」

答えはこうだ。おまえが何を考えようと関係ないのだよ。人間の心は、毎日、矛盾したことを幾度となく考えるものだ。おまえは母さんにいなくなってもらいたいと願った。一方で、母さんを助けてくれとわたしに懇願した。人の心は、都合のよい嘘を信じようとするものだ。その一方で、自分をなぐさめるための嘘が必要になるような、痛ましい真実もちゃんと理解している。そして人の心は、嘘と真実を同時に信じた自分に罰を与えようとするのだ。

「じゃ、どうしろって?」コナーはなげやりな調子で訊いた。「心のなかで押し合いへし合いしてる矛盾に、どうやって立ち向かえっていうの?」

真実を話せばいいのだよ。ついさっき、おまえがしたように。

コナーは思い返した。母さんの手。その手を放した自分の手――

よしなさい、コナー・オマリー。怪物がささやくように言った。わたしが歩いてきたのはこのためだ。この話をして、おまえの気持ちを少しでも軽くするためだ。だから聞きなさい。

コナーはこみあげてきた感情をまたしても押さえつけた。「わかった。聞くよ」

人生とは、言葉でつづるものではない。行動でつづるものだ。何をどう考えるかは重要ではないのだよ。大切なのは、どう行動するかだ。

コナーののどもとに、またしてもたくさんの感情がこみあげた。

長い沈黙のあと、コナーはようやくたずねた。「ぼくはどうすればいいんだろう」

さっきしたとおりのことをするだけだ。怪物が言った。真実を話せ。

「それだけ？」

簡単なことだと思うか？　怪物は巨大な眉を吊り上げた。真実を話すくらいなら死んだほうがましだ、ついさっきまで、そう考えていたんだろうに？

コナーは自分の両手に目を落とし、ずっと握り締めていたこぶしをゆるめた。「それは、ぼくの考えてることはとことんまちがってると思ったから」

まちがっているも何もない。たくさんの考えのなかの一つ、百万もあるうちのたった一つにすぎないのだからね。行動に移したのとはちがうぞ。

コナーは長く、長く息を吐き出した。のどが詰まったような感覚はまだ残っている。

それでも、いまはもう息苦しくはない。悪夢が全身に広がって胸を締めつけ、コナーを崖から引きずり下ろそうとしているようなあの恐怖は、きれいに消えていた。

悪夢の存在すらもう感じない。

「疲れた」コナーは頭を両手で抱えるようにして言った。「何もかもに疲れた」

眠りなさい。怪物が言った。時間はまだある。

「ほんと？」コナーはつぶやいた。急にまぶたが重くてしかたなくなった。

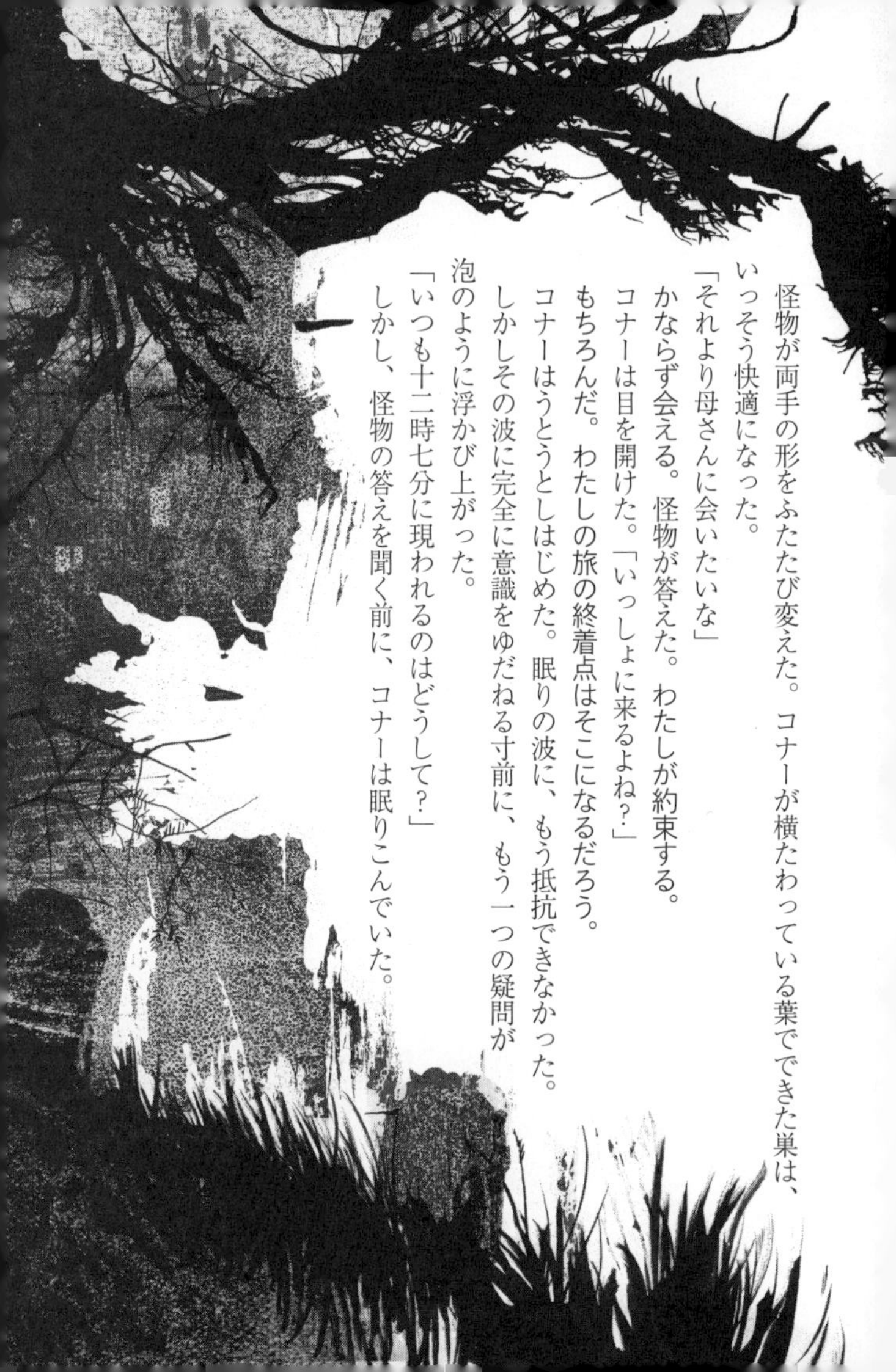

怪物が両手の形をふたたび変えた。コナーが横たわっている葉でできた巣は、いっそう快適になった。

「それより母さんに会いたいな」

かならず会える。怪物が答えた。わたしが約束する。

コナーは目を開けた。「いっしょに来るよね？」

もちろんだ。わたしの旅の終着点はそこになるだろう。

コナーはうとうとしはじめた。眠りの波に、もう抵抗できなかった。

しかしその波に完全に意識をゆだねる寸前に、もう一つの疑問が泡のように浮かび上がった。

「いつも十二時七分に現われるのはどうして？」

しかし、怪物の答えを聞く前に、コナーは眠りこんでいた。

共通点

「ああ、よかった!」

その声に意識の表面をくすぐられはしたものの、眠気がたちまち吹き飛ぶということはなかった。

「コナー!」同じ声だった。その同じ声が語気を強めた。「コナー!」

おばあちゃんの声——

コナーは目を開き、ゆっくりと体を起こした。いつのまにか夜になっていた。いったい何時間、眠っていたのだろう。あたりを見まわした。眠りこむ前と同じ、家の裏の丘の上にいた。頭上にそびえるイチイの木の根が、コナーを守るようにしている。木を見上げた。ただの木だった。

いや、これはただの木などではない。ぜったいにちがう。

「コナー！」

おばあちゃんが教会のほうから駆けてくる。その向こうの道に、おばあちゃんの車が停まっているのが見えた。ヘッドライトはつけっぱなし、エンジンもかけっぱなしになっている。コナーは立ち上がっておばあちゃんを待った。おばあちゃんの顔は、いらだちと、安堵と、もう一つ別の表情、コナーの心を重く沈ませるような表情を浮かべていた。

「ああ、よかった。よかった！」近づいてきたおばあちゃんは、どなるようにそう繰り返した。それから、びっくりするようなことをした。

コナーを力いっぱい抱き寄せたのだ。あやうく二人とも転びかけたくらい、強く、しっかりと。コナーがとっさにイチイの木につかまっていなければ、そのまま倒れていただろう。しかし、おばあちゃんはすぐにコナーを放すと、今度は本当にどなりはじめた。

「いったいどこに行ってたの？」その声は悲鳴に似ていた。「何時間も捜しちゃったじゃないか！　心配で心配でどうにかなりそうだったよ！　いったいぜんたい何考えてるの！」

「ちょっとやらなくちゃいけないことがあって」コナーは説明しかけたが、おばあちゃんに乱暴に腕を引っ張られた。

「時間がないんだよ。急いで！　ほら、ぐずぐずしない！」

おばあちゃんはコナーの腕を放すと、短距離ランナーみたいに車に駆け戻っていった。その後ろ姿にただごとではない気配を察して、コナーは考える間もなくおばあちゃんのあとを追いかけ、助手席に飛び乗った。ドアが閉まる前にもう、車はタイヤをきしらせて走りだしていた。

どうしてそんなに急ぐのか、たずねられる雰囲気ではなかった。

「コナー」思わずどこかにつかまりたくなるような速度で車を走らせながら、おばあちゃんは言った。おばあちゃんの顔を見て初めて、ずっと泣いていたらしいとわかった。体は小刻みに震えている。「コナー、こんなときに心配させて……」おばあちゃんはまた一つ身震いをして、ハンドルを握る手にさらに力をこめた。

「おばあちゃ——」コナーは言いかけた。

「いいから」おばあちゃんがさえぎった。「弁解はいいから」

しばらくどちらも口を開かなかった。車は〝前方に優先道路あり〟の標識も無視して突っ走った。コナーはシートベルトがちゃんと締まっているか、念のために確かめた。

「おばあちゃん?」コナーは衝撃に備えながら言った。すぐ先に道路が少し盛り上がったところがある。

おばあちゃんはかまわず猛スピードで走り抜けた。

「ごめんなさい」コナーは静かに言った。

おばあちゃんは笑った。悲しげな、かすれた笑い声だった。それから首を振った。「いいんだよ。もういいんだ」

「いいの？」

「いいに決まってるだろう」おばあちゃんはそう言ってまた泣きだした。ただし、コナーのおばあちゃんは、泣いているからといって、そのあいだ口を閉じておくようなおばあちゃんではない。「ねえ、コナー。おばあちゃんとあんたのことだけどね。決して気が合うとは言えない。そうだろう？」

「そうだね」コナーはうなずいた。「そう思うよ」

「おばあちゃんもそう思ってる」おばあちゃんはものすごいスピードのまま角を曲がった。コナーは体がすっ飛んでいかないよう、ドアハンドルにつかまった。

「でも、おたがいに学ばなくちゃならない」

コナーはごくりとのどを鳴らした。「わかってる」

おばあちゃんはちょっとすすり泣いてから言った。「そう、わかってるんだろうね。あんたはちゃんとわかってるんだろう」

交差点が近づいてきた。おばあちゃんは左右をすばやく確認したあと、赤信号を無視して突っ切った。いまいったい何時なのだろう。ほかに走っている車はほとんどない。

おばあちゃんが咳払いをして続けた。「だけどね、コナー。おばあちゃんとあんたには、共通点があるんだよ」

「共通点？ そんなものある？」コナーは訊き返した。道の先に病院の建物がぼんやりと浮かび上がっていた。

「ある」おばあちゃんはアクセルペダルをさらに踏みこんだ。見ると、おばあちゃんは、まだ泣いていた。

「どんな?」

おばあちゃんは病院の近くで最初に見つかった空きスペースに車を入れた。タイヤが奥の縁石にごんとぶつかった。

「あんたのママだよ」おばあちゃんはコナーをまっすぐに見て言った。「それが共通点だ」

コナーは何も答えなかった。

それでも、おばあちゃんが言いたいことは、わかりすぎるくらいわかった。母さんはおばあちゃんの娘だ。そして母さんは、おばあちゃんにとってもコナーにとっても、だれよりも大切な人だ。そのことは、大きな、とても大きな共通点だった。

そこから始められるかもしれない。

おばあちゃんはエンジンを切ると、車のドアを開けた。「ほら、ぐずぐずしないで。行くよ」

十二時七分

おばあちゃんはおそろしい答えが返ってくるかもしれない疑問を顔に貼りつけて、コナーより先に母さんの病室に飛びこんだ。なかにいた看護師がすぐにその疑問に答えた。「ご安心ください。間に合いましたから」

両手を口に当てて、おばあちゃんが安堵の叫び声を漏らした。

「お孫さん、見つかったようですね」看護師がコナーを見やって言う。

「ええ」おばあちゃんが返したのはそのひとことだけだった。

おばあちゃんもコナーも、母さんを見つめていた。病室は暗い。ベッドの真上の明かりが一つともっているきりだ。母さんのまぶたは閉じている。息遣いは、胸の上に重しでものせられているように苦しげだった。看護師は気をきかせて出ていった。おばあちゃんは母さんのベッドの向こう側の椅子に腰を下ろすと、身を乗り出して母さんの手を取った。その手を両手で包むようにして、キスをし、そっと揺らしている。

「ママ！」母さんの声だった。その声は、何と言っているのかよく聞き取れないくらい、ひどくかすれて小さかった。

「ここだよ」おばあちゃんは母さんの手を握ったまま答えた。「コナーも来てる」

「いるの！　コナーが？」母さんは弱々しい声でそう訊き返した。目は閉じたままだ。

おばあちゃんがこちらを見ている。何か言いなさいとうながしている。

「ここにいるよ、母さん」コナーは言った。

母さんは何も言わなかった。ただ、コナーに近い側の手を差しのべただけだった。

この手を取って。そう言っている。

この手を取って、放さないで。

物語の結末の始まりだ――背後から怪物の声が聞こえた。

「ぼくはどうすれば――？」コナーはささやいた。

怪物の手がコナーの両肩に置かれた。その手は不思議と小さく思えた。その手に押しつぶされそうな感じはしなかった。それどころか、そっと支えられているように感じた。

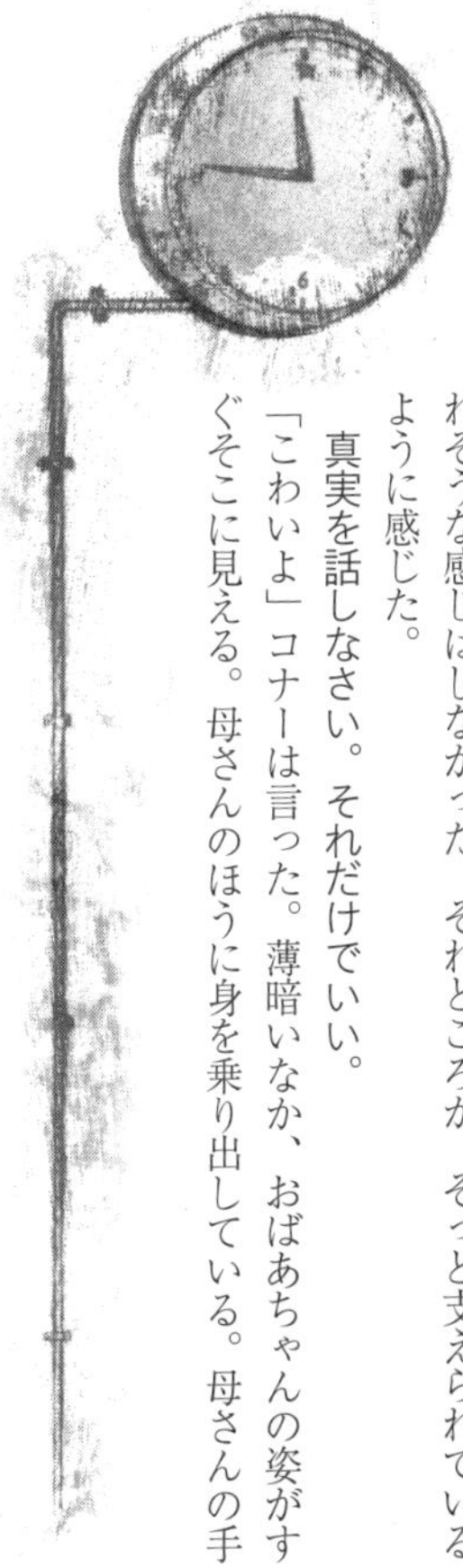

真実を話しなさい。それだけでいい。
「こわいよ」コナーは言った。薄暗いなか、おばあちゃんの姿がすぐそこに見える。母さんのほうに身を乗り出している。母さんの手

も見える。母さんは目を閉じたまま、手をこちらに差し出している。

こわいのは当然だ。怪物はコナーを前へ押しやった。それでも、おまえは真実を話す。

怪物の手は優しく、だが力強く、コナーを母さんの近くへ導こうとしている。コナーの視界をふと、ベッドの上の壁にかけられた時計がかすめた。いつのまにそんなに時間がたっていたのだろう。もう夜の十一時四十六分だった。

十二時七分まで、あと二十一分。

十二時七分になったら何が起きるのか。怪物にたずねたかった。しかし、あえて訊かなかった。

なんとなく、もうわかっているような気がした。

真実を話せば――耳もとで怪物の声がする。何が起きようと、毅然と受け止めることができるだろう。

コナーは時計から母さんへと、そして母さんの手へと視線を移した。またのどが苦しくなった。目に涙がたまっていくのがわかる。

しかし、それは悪夢に溺れかけているからではなかった。もっと単純な、明快な理由からだった。

ただ、悪夢と同じくらい残酷な理由でもあった。

コナーは母さんの手を取った。

母さんのまぶたが開いた。母さんの目がほんの一瞬だけこちらを向いた。次の瞬間にはもう、まぶたはふたたび閉じていた。

それでも、母さんはちゃんとコナーを見た。

その時が来たのだ。もうあともどりはできない。ついにそれが現実になる時が来た。コナーが何を望もうと。コナーがどう思おうと。

そしてもう一つ、確信していた。いまなら、乗り越えられる。

簡単にはいかないだろう。身を切られるような試練だろう。

でも、きっと乗り越えられる。

怪物がやってきたのは、このためなのだ。そうにちがいない。コナーは怪物を必要としていた。そして、どうやってなのかは自分でもわからないが、怪物を呼んだ。怪物はそれに応え、歩いてきた。この瞬間のためだけに、歩いてきた。

「ついててよね」コナーは怪物にささやいた。声を出すのもやっとだった。「そこにいてよ、最後までちゃんと……」

いるとも。怪物が答える。両手はまだコナーの肩に優しく置かれていた。おまえは真実を話す。それだけでいいのだよ。

覚悟を決めた。

一つ大きく息を吸いこむ。

そして、ついに、コナーは、最後の最後に残された、真実のなかの真実を話した。

「行っちゃだめだよ、母さん」コナーは言った。とたんに涙があふれた。初めはゆっくりと。やがて川のような勢いで。

「わかってるわ、コナー」母さんがしゃがれた声で答えた。「わかってる」

怪物の存在を感じた。コナーを支えている。しっかり立っていられるよう、支えてくれている。

「行っちゃいやだ」

それ以上、何も言う必要はなかった。

コナーはベッドの上にかがみこみ、両腕を母さんの体に回した。

母さんを、そっと抱き締めた。

その時が来る。まもなく来る。もしかしたら、時計が次に十二時七分を指す瞬間に。コナーがどれほどしっかり握り締めていようと、母さんの手がコナーの手をすり抜けていってしまう時が、まもなく訪れる。

だが、まだその時ではない。怪物がささやいた。さっきと同じように、コナーの耳もとで。

時間はある。

コナーは母さんを抱き締めた。二度と放してなるものかと抱き締めた。

そうすることで、今度こそ本当に母さんの手を放すことができた。

訳者あとがき

物語とは油断のならない生き物だ。
野に放してみろ。
どこでどんなふうに暴れ回るか、わかったものではない。（本文より）

たしかに、物語は暴れん坊だ。しかも優《すぐ》れた物語であればあるほど、手に負えない。どことなく不安をかき立てるモノクロの挿絵。夜ごと訪れる、イチイの木の姿をした怪物。主人公の少年が暮らす家の裏窓からは教会の墓地が見え、少年は悪夢に襲われては悲鳴とともに飛び起きる。そう聞けば、ホラーファンタジーを想像するだろう。

しかしこの物語は、そういった先入観をあっさり裏切って、予想外の場所へと人を連れていく。そして読み手の心にいつのまにかするりと入りこんで暴れ回り、意識の底にそっとうずめておいた記憶や感情を容赦なく掘り返して投げ散らかしたあげく、唐突に去る。

この獰猛《どうもう》だが優しい生き物の創造主は、二人いる。

原案のシヴォーン・ダウドは一九六〇年イギリス生まれ。『サラスの旅』（ゴブリン書房）、『十三番目の子』（小学館）などで高く評価されたが、二〇〇七年に癌のため逝去した。そのあまりにも早い死を惜しむ声はいまも絶えない。没後に出版された『ボグ・チャイルド』（ゴブリン書房）は、英国でもっとも権威ある児童文学賞に位置づけられるカーネギー賞を受けた。

そのダウドが第五作の構想として遺したメモに自由な発想で肉づけを施し、コンパクトで濃密な作品に仕上げたのが、新進気鋭の作家パトリック・ネスだ。

ネスは一九七一年アメリカ生まれ、現在はイギリス在住。〈混沌《カオス》の叫び〉シリーズの『人という怪物』（東京創元社）でカーネギー賞を獲得。二〇一一年に上梓した本作『怪物はささやく』で、二年連続、同賞の栄誉に輝いている。

そして二〇一六年、ネスが脚本を書き、J・A・バヨナが監督して、本書の映画化が実現した。

原作者自身が脚本を執筆しただけあって、ダークで美しい原作の世界観がみごとなまでに忠実に視覚化されている。主人公のコナー少年を演じたルイス・マクドゥーガル、〝母さん〟のフェリシティ・ジョーンズ、〝おばあちゃん〟のシガニー・ウィーバー、そして〝怪物〟のリーアム・ニーソンら俳優陣も、そこに違和感なく溶けこんで圧巻の演技を見せた。また、怪物はどこからやってきたのか、新しい解釈の余地を生むようなヒントが登場人物のせりふや目の動き、原作とはやや異なるエンディングなどでさりげなく示されている。

映画を見れば、新たな視点から原作を読み返したくなるだろうし、そのあとはきっとまた映画を見直したくなることだろう。

シヴォーン・ダウドからパトリック・ネスへ、そして世界中の読者、映画ファンへ。海を越えたそのリレーの中間走者として担当の区間を走り終えたいま、少しでも多くの人にこのバトンを受け取ってもらえたらと心から願っている。

二〇一七年五月

本書は二〇一一年、あすなろ書房より刊行された作品の文庫化です。

訳者紹介 1966年東京生まれ。上智大学卒業。英米文学翻訳家。主な訳書に，ディーヴァー『スキン・コレクター』，ウェルシュ『トレインスポッティング』，ドーティ『煙が目にしみる』，S・ダウド『十三番目の子』など。

検印
廃止

怪物はささやく

2017年5月31日 初版
2023年12月15日 4版

著 者 パトリック・ネス
原 案 シヴォーン・ダウド
訳 者 池《いけ》田《だ》真《ま》紀《き》子《こ》

発行所 (株) 東京創元社
代表者 渋谷健太郎

162-0814/東京都新宿区新小川町1-5
電 話 03・3268・8231-営業部
03・3268・8204-編集部
URL http://www.tsogen.co.jp
振 替 00160—9—1565
DTP キャップス
理想社・本間製本

乱丁・落丁本は，ご面倒ですが小社までご送付ください。送料小社負担にてお取替えいたします。

ISBN978-4-488-59307-0 C0197